雨天不必赶路 天晴自有通途

史铁生 刘亮程 肖复兴 等 著

陕西师范大学出版总社 西安

图书代号　WX25N1883

图书在版编目（CIP）数据

雨天不必赶路，天晴自有通途 / 史铁生等著 .

西安 ：陕西师范大学出版总社有限公司，2025. 11.

ISBN 978-7-5695-5999-6

Ⅰ . I266

中国国家版本馆 CIP 数据核字第 20258P61Y5 号

雨天不必赶路，天晴自有通途

YUTIAN BU BI GANLU,TIAN QING ZI YOU TONGTU

史铁生　刘亮程　肖复兴　等　著

出 版 人	刘东风
特约监制	刘　钊
责任编辑	高　歌
责任校对	刘　定
特约编辑	杨佳乐
封面设计	吴黛君
出版发行	陕西师范大学出版总社 （西安市长安南路 199 号　邮编 710062）
网　　址	http://www.snupg.com
印　　刷	北京雁林吉兆印刷有限公司
开　　本	620 mm×889 mm　1/16
印　　张	15
字　　数	185 千
版　　次	2025 年 11 月第 1 版
印　　次	2025 年 11 月第 1 次印刷
书　　号	ISBN 978-7-5695-5999-6
定　　价	59.00 元

但是太阳，它每时每刻都是夕阳也都是旭日。

当它熄灭着走下山去收尽苍凉残照之际，

正是它在另一面燃烧着爬上山巅布散烈烈朝晖之时。

故乡与异乡，

有时候近到一场薄梦的距离，

我用尽了一生的力气来张望，也无力打通。

苦痛、愤怒、叫嚣、哭泣，
是附着在人世间的，人当然不能避免。
但请注意“暂时”这两个字，
“暂时脱离尘世”，
是快适的，是安乐的，是营养的。

作为生者，

奔跑在微小的事物中间，

努力而认真。

在科学的迷茫之处，
在命运的混沌之点，
人唯有乞灵于自己的精神。

冬天，

有多少人放下一年的事情，像我一样用自己那只冰手，

从头到尾地抚摸自己的一生。

目　录

第一章
在命运的荒原里，总有新苗会发芽

第二章

以真心为明眸，直视岁月深处

第三章

心中的风雨来了，我只躲到你的怀里

第四章

檐雨垂天问，窗灯照世情

第五章

生活虽有烦恼，唯读书是良药

第六章

把脚印种进时间，等它们长成故事

壹

第一章 在命运的荒原里，总有新苗会发芽

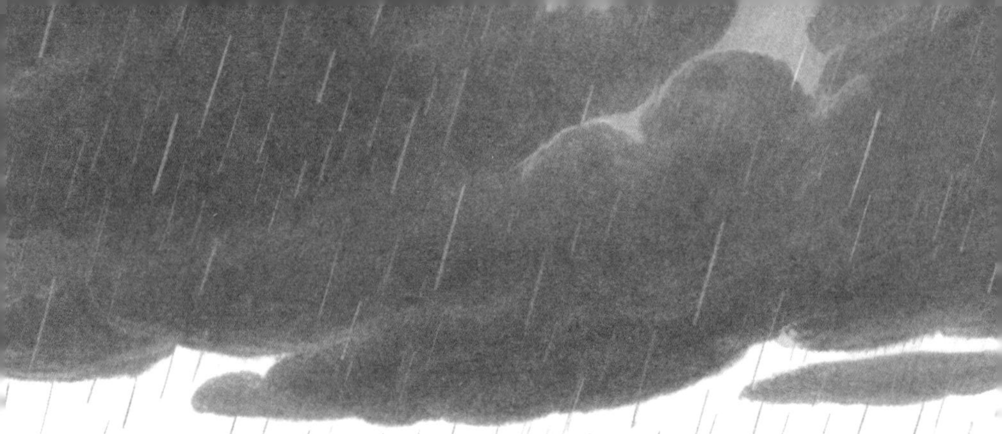

一个人只能唱他自己以为真诚的歌，

这是由他的个性和历史

所限定的。

一个人尽管他虔诚地

希望理解所有的人，

那也不可能。

黄土地情歌

史铁生

艰苦的生活需要希望，
鲜活的生命需要爱情，数不完的日子和数不完的心事，
都要诉说。

我总觉得自己还年轻呢，跟二十几岁的人在一起玩不觉得有什么障碍，偶尔想起自己已经四十岁，倒不免心里一阵疑惑。

某个周末，家里来了几个客人，都是二十出头的小伙子。小伙子们没有辜负好年华，都大学毕了业，并且都在谈恋爱，说起爱情的美妙，毫不避讳，大喊大笑。本该是这样。不知怎么话题一转，说起了插队。可能是他们问我的腿是怎么残疾的，我说是插队时生病落下的。他们沉默了一会儿，其中一个说：我爸我妈常给我讲他们插队时候的事。我说，什么什么，你再说一遍！他又说了一遍：我爸我妈，一讲起他们插队时候的事，就没完。

“你爸和你妈，插过队？”

“那还有错儿？”

“在哪儿？”

“山西。晋北。”

“你今年多大了？”

“二十一。知青的第二代，我是老大。”

“你爸你妈他们哪届的？”

“六六届，老高三。今年四十五了。”

不错，回答得挺内行。我暗想：这么说，我们这帮老知青的第二代都到了谈情说爱的年龄？这么说，再有三五年，我们都可以当爷爷奶奶了？

“你哪年出生？”我愣愣地看他，还是有点不信。

“七〇年。”他说，“我爸我妈他们六八年走的，一年后结婚，再一年后生了我。”

我还是愣着，把他从头到脚再看几遍。

“您瞧是不是我不该出生？”他调侃道。

“不不不。”我说。大家笑起来。

不过我心里暗想，他的出生，一定曾使他的父母陷入十分困难的处境。

“你爸你妈怎么给你讲插队的事？”

他不假思索，说有一件事给他印象最深：第一年他爸他妈回北京探亲，在农村干了一年连路费都没挣够，只好一路扒车（扒车，就是坐火车不买票或只买一张站台票，让列车员抓住看你确实没钱，最多也就是把你轰下来）。没钱，可那时年轻，有一副经得起摔打的好身体，住不起旅馆就蹲车站，车上没你的座位你就站着，见查票的来了赶紧往厕所躲，躲不及就又被轰下去。轰下去就轰下去，等一辆车再上，还是一张站台票。归心似箭，就这样一程一程，朝圣般地向京城推进。如此日夜兼程，可是把他爸他妈累着了。有一次扒上一趟车，谢天谢地车上挺空，他爸他妈一人找了一条大椅子纳头便睡。接连几个小站过去，车上的人多了，有人把他爸叫起来，说座位是大家的不能你一个人睡，他爸点点头让人家坐下。再过一会儿，又有人去叫他妈起来。他爸看着心疼。爱情给人智慧，他爸灵机一动，指指他妈对众人说："别理她，疯子。"众人于是退避三舍，听由他妈睡得香甜。

我说他的出生一定曾使他的父母陷入困境，不单是指经济方面，主要是指舆论。二十年前的中国，爱情羞羞答答的常被认为是一种不得不犯的错误；尤其一对知识青年，来到农村的广阔天地尚未大有作为，先谈情说爱，至少会被认为革命意志消沉。革命、进步、大有作为，甚至艰苦奋斗，这些概念与爱情几乎是水火不相容的；革命样板戏里的英雄人物差不多全是独身。那时候，爱情如同一名逃犯，在光明正大的场合无处容身；戏里不许有，书里不许有，歌曲里也不许有。不信你去找，那时的中国的歌曲里绝找不到"爱情"这个词。所以，我看着我这位年轻的朋友，心里不免佩服他父母当年的勇敢，想到他们的艰难。

但是二十岁上下的人，不谈恋爱尚可做到，不向往爱情则不可能，除非心理有毛病。

当年我们一同去插队的二十个人，大的刚满十八，小的还不到十七。我们从北京乘火车到西安、到铜川，再换汽车到延安，一路上嘻嘻哈哈，感觉就像是去旅游。冷静时想一想未来，浪漫的诗意中也透露几分艰险。但“越是艰险越向前”，大家心里便都踏实些，默默地感受着崇高与豪迈。然后互相勉励:“咱们不能消沉。”“对对。”“咱们不能学坏。”“那当然。”“咱们不能无所作为。”“一个人的能力有大小，只要……”“咱们不能抽烟。”“谁抽烟咱们大伙儿抽谁！”“更不能谈恋爱，不能结婚。”“唏——”所有人都做出一副轻蔑或厌恶的表情，更为激进者甚至宣称一辈子不做那类庸俗的勾当。但是插队的第二年，我们先取消了“不能抽烟”的戒律。在山里受一天苦，晚上回来常常只能喝上几碗“钱钱饭”，肚子饿，嘴上馋，两毛钱买包烟，够几个人享受两晚上，聊补嘴上的欲望，这是最经济的办法了。但是抽烟不可让那群女生看见，否则让她们看不起。这就有些微妙，既然立志独身，何苦又那么在意异性的评价呢？此一节不及深究，紧跟着又纷纷唱起“黄歌”来。所谓黄歌，无非是《莫斯科郊外的晚上》呀，《喀秋莎》呀，《灯光》《小路》《红河谷》等等。不知是谁弄来一本《外国名歌 200 首》，大家先被歌词吸引。譬如:“一条小路曲曲弯弯细又长，一直通向迷雾的远方，我要沿着这条细长的小路，跟随我的爱人上战场……”譬如:“有位年轻的姑娘，送战士去打仗。他们黑夜里告别，在那台阶前。透过淡淡的薄雾，青年看见，在那姑娘的窗前，还闪烁着灯光。”多美的歌词。大家都说好，说一点都不黄，说不仅不黄而且很革命。于是学唱。晚上，在昏暗的油灯下认真地学唱，认真的程度不亚于学《毛选》。推开窑门，坐在崖畔，对面是月色中的群山，脚下就是那条清平河，哗哗啦啦日夜不歇。“正当梨花开遍了天涯，河上飘着柔曼的轻纱，喀秋莎站在峻峭的岸上，歌声好像明媚的春光。”歌声在大山上撞起回声，顺着清平川漫散得很远。唱一阵，歇下来，大家都感动了，默不作声。感动于什么呢？至少大家唱到“姑娘”“爱人”时都不那么自然。意犹未尽，再唱：“走过来坐在我的身旁，不要离别得这样匆忙，要记住红河谷你的故乡，还有那热爱你的姑娘。”难道这歌也很革命吗？管他的！这歌更让人心动。那一刻，要是真有一位姑娘对我们之中的不管谁，表示与那歌词相似的意思，谁都会走过去坐在她的身旁。对二十岁上下的人来说，爱情是主流，反爱情的反动只是一股逆流。不过这股逆流一时还很强大，仍不敢当着女生唱这些歌，怕被骂作流氓。爱情的主流只在心里涌动。既是主流，就不可阻挡。有几回下工回来，在山路上边走边唱，走过一条沟，翻过一道梁，唱得正忘情，忽然迎头撞上了一个或是几个女生，虽赶忙打住但为时已晚，料必那歌声已进入姑娘的耳朵（但愿不仅仅是耳朵，还有心田）。这可咋办？大家慌一阵，说：“没事。”壮自己的胆。说：“管她们的！”撑一撑男子汉的面子。“她们听见了吗？”“那还能听不见？”“她们的脸都红了。”“是吗？”“当然。”“听他胡说呢。”“嘿，谁胡说谁不是人！”“你看见的？”“废话。”这倒是个不坏的消息，是件值得回味的事，让人微微地激动。不管怎么说，这歌声在姑娘那儿有了反应，不管是什么反应吧，总归比仅仅在大山上撞起回声值得考虑。主流毕竟是主流。不久，我们听见女生们也唱起“黄歌”来了：“小伙子你为什么忧愁？为什么低着你的头？是谁叫你这样伤心？问他的是那乘车的人……”

想来，人类的一切歌唱大概正是这样起源。或者说一切艺术都是这样起源。艰苦的生活需要希望，鲜活的生命需要爱情，数不完的日子和数不完的心事，都要诉说。民歌尤其是这样。陕北民歌尤其是这样。“百灵子过河沉不了底，三年两年忘不了你。有朝一日见了面，知心的话儿要拉遍。”“蛤蟆口灶火烧干柴，越烧越热离不开。”“鸡蛋壳壳点灯半炕炕明，烧酒盅盅量米不嫌哥哥穷。”“白脖子鸭儿朝南飞，你是哥哥的勾命鬼。半夜里想起干妹妹，狼吃了哥哥不后悔。”情歌在一切民歌中都占着很大的比例，说到底，爱是根本的希望，爱，这才需要诉说。在山里受苦，熬煎了，老乡们就扯开嗓子唱，不像我们那么偷偷摸摸的。爱嘛，又不是偷。“墙头上跑马还嫌低，面对面睡觉还想你。把住哥哥亲了个嘴，肚子里的疙瘩化成水。”但是反爱情的逆流什么时候都有：“大红果子剥皮皮，人家都说我和你，本来咱俩没关系，好人摊上个赖名誉。”“不怨我爹来不怨我娘，单怨那媒人×嘴长。”“我把这个荷包送与你，知心话儿说与你，哥哎哟，千万你莫说是我绣下的。”不过我们已经说过了，主流毕竟是主流：“你要死哟早早些死，前晌死来后晌我兰花花走。”“对面价沟里拔黄蒿，我男人倒叫狼吃了。先吃上身子后吃上脑，倒把老奶奶害除了。”“我把哥哥藏在我家，毒死我男人不要害怕。迟来早去是你的人，叠到一起再结婚。”真正是无法无天。但上帝创造生命想必不是根据法，很可能是根据爱。老乡们真诚而坦率地唱，我们听得骚动，听得心惊，听得沉醉，那情景才用得上“再教育”这三个字呢。我在《插队的故事》那篇小说中说过，陕北民歌中常有些哀婉低回的拖腔，或欢快嘹亮的呐喊，若不是在舞台上而是在大山里，这拖腔或呐喊便可随意短长。比如说《三十里铺》：“提起这家来家有名……”比如《赶牲灵》：“走头头的那个骡子儿哟三盏盏的那个灯……”“提起”和“骡子儿哟”之后可以自由地延长，直到你心里满意了为止。根据什么？我看是根据地势，在狭窄的沟壑里要短一些，在开阔的川地里或山顶上就必须长，为了照顾听者的位置吗？可能，更可能是为了满足唱者的感觉，天人合一，这歌声这心灵，都要与天地构成和谐的形式。

民歌的魅力之所以长久不衰，因为它原就是经多少代人锤炼淘汰的结果。民歌之所以流传得广泛，因为它唱的是平常人的平常心，它从不试图揪过耳朵来把你训斥一顿，更不试图把自己装点得多么白璧无瑕甚至多么光彩夺目，它没有吓人之心，也没有取宠之意，它不想在众人之上，它想在大家中间，因而它一开始就放弃拿腔弄调和自命不凡，它不想博得一时癫狂的喝彩，更不希望在其脚下跪倒一群乞讨恩施的“信徒”，它的意蕴是生命的全息，要在天长地久中去体味。道法自然，民歌以真诚和素朴为美。真诚而素朴的忧愁，真诚而素朴的爱恋，真诚而素朴的希冀与憧憬，变成曲调，贴着山走，沿着水流，顺着天游信着天游；变成唱词，贴着心走，沿着心流，顺着心游信着心游。

其实，流行歌曲的起源也应该是这样——唱平常人的平常心，唱平常人的那些平常的牵念，喜怒哀乐都是真的、刻骨铭心的、魂牵梦萦的，珍藏的也好，坦率的也好，都是心灵的作用，而不是喉咙的集市。也许是我老了，怎么当前的流行歌曲能打动我的那么少？如果是我老了，以下的话各位就把它随便当成什么风刮过去拉倒——我想，几十几百年前可能也有流行歌曲，有很多也那么旋风似的东南西北地刮过（比如“大跃进”时期的、“文化大革命”时期的），因其不是发源于心因而也就不能留驻于心，早已被人淡忘了。我想，民歌其实就是往昔的流行歌曲之一部分，多少年来一直流传在民间，因而后人叫它民歌。我想，经几十甚至几百年而流传至今的所有歌曲，或许当初都算得流行歌曲（不能流行起来也就不会流传下去），它们所以没有随风刮走，那是因为一辈辈人都从中听见自己的心，乃至自己的命。“门前有棵菩提树，站立在古井边，我做过无数美梦，在它的绿荫间……”“老人河啊，老人河，你知道一切，但总是沉默……”不管是异时的还是异域的，只要是从心里流出来的，就必定能够流进心里去。可惜，在此我只能列举出一些歌词，不能让您听见它的曲调，但是通过这些歌词您或许能够想象到它的曲调，那曲调必定是与市场疏离而与心血紧密的。我听有人说，我们的流行歌曲一直没有找到自己恰当的唱法，港台的学过了，东洋西洋的也都学过了，效果都不好，给人又做偷儿又装阔佬的感觉；于是又有人反其道而行，专门弄土，但那土都不深，扬一把在脑袋上的肯定不是土壤，是浮土，要么干脆是灰尘。“我家住在黄土高坡，大风从坡上刮过”，虽然“高”和“大”都用上了，听着却还是小气；因而您再听：“不管是西北风还是东南风，都是我的歌……”这无异于是声称，他对生活没有什么自己的看法，他没心没肺。真要没心没肺一身的仙风道骨也好，可那时候“风”里恰恰是能刮来钱的，挣钱无罪，可这你就不能再说你对生活没有什么看法了。假是终于要露马脚的。歌唱，原是真诚自由的诉说，若是连歌唱也假模假式起来，人活着可真就绝望。我听有人说起对流行歌曲的不满，多是从技术方面考虑，技术是重要的，我不懂，不敢瞎说。但是单纯的技术观点对歌曲是极不利的，歌嘛，还是得从心那儿去找它的源头和它的归宿。

写到这儿我怀疑了很久，反省了很久：也许是我错了？我老了？一个人只能唱他自己以为真诚的歌，这是由他的个性和历史所限定的。一个人尽管他虔诚地希望理解所有的人，那也不可能。一代人与一代人的历史是不同的，这是代沟的永恒保障。沟不是坏东西，有山有水就有沟，地球上如果都是那么平展展的，虽然希望那都是良田，但事实那很可能全是沙漠。此文开头说的那位二十一岁的朋友——我们知青的第二代，他喜欢唱什么歌呢？有机会我要问问他。但是他愿意唱什么就让他唱什么吧，世上的一些事多是出于瞎操心，由瞎操心再演变为穷干涉。我们的第二代既然也快到了恋爱的季节，我们尤其要注意：任何以自己的观念干涉别人爱情的行为，都只是一股逆流。

一个人的村庄

刘亮程

事实上随便一件小事都能
消磨掉人的一辈子，
随便一片树叶落下来都能盖掉人的一辈子。

我出去割草，去得太久，我会将钥匙压在门口的土坯下面。我一共放了四块土坯迷惑外人，东一块，西一块，南北各一块。有一年你回来，搬开土坯，发现钥匙锈迹斑斑，一场一场的雨浸透钥匙，使你顿觉离家多年。又一年，土坯下面是空的，你拍打着院门，大声喊我的名字。那时村里已没几户人家，到处是空房子，到处是无人耕种的荒地，你趴在院墙外，像个外人，张望我们生活多年的旧院子，泪眼涔涔。

芥，我说不准离家的日子，活着活着就到了别处。我曾做好在黄沙梁等你一生一世的打算，你知道的，我没这个耐力，随便一件小事都可能把我引向无法回来的远处。在过去的几十年里，村里人就是为一些小事情一个一个地走得不见了，以至多少年后有人问起走失的这些人，得到的回答仍旧是：

他割草去了。

她浇地去了。

人们总是把割草浇地这样的事看得太随便平常。出门时不做任何准备，不像出远门那样安顿好家里的一切。往往是凭一个念头，也不跟家里人打声招呼，提一把镰刀或扛一把锨就出去了，一天到晚也不见回来，一两年过去了还没有消息。许多人就是这样被留在了远处。他们太小看这些活计了，总认为三下五下就能应付掉。事实上随便一件小事都能消磨掉人的一辈子，随便一片树叶落下来都能盖掉人的一辈子。在我们看不见的角角落落里，我们找不到的那些人，正面对着这样那样的一两件小事，不知不觉地过去了一辈子。连抬头看一眼天的时间都没有，更别说地久天长地想念一个人。

我最终也一样，只能剩一院破旧的空房子和一把锈迹斑斑的钥匙——我让你熟悉的不知年月的这些东西在黄沙梁，等待遥无归期的你。我出去割草。我有一把好镰刀，你知道的。

多少年前的一个下午，村子里刮着大风，我爬到房顶，看一天没回家的父亲。我个子太矮，站在房顶那截黑乎乎的烟囱上，踮起脚朝远处望。当时我只看见村庄四周一片浩浩荡荡的草莽。风把村里没关好的门窗甩得啪啪直响，连一个人影都看不见，满天满地都是风声，我害怕得不敢下来。

我母亲说，父亲是天刚亮时扛一把锨出去的。父亲每天都是这个时候出去。我们从来不知道他在侍弄哪块地。只记得过不了多长时间，父亲的那把锨就磨得不能使了。他在换另一把锨时，总是坐在墙根那块石板上，一遍又一遍地刮磨那根粗糙的新锨把，干得认真而仔细。有时他抬头看看玩耍的我们，也偶尔使唤我给他端碗水拿样工具。我们还小，不知道堆在父亲一生里的那些活儿，他啥时候才能干完，更不知道有一件活儿会把父亲永远留在一块地里。

多少年来我总觉得父亲并没有走远，他就在村庄附近的某一块地里，某一片密不透风的草莽中，无声地挥动着铁锨。他干得忘记了时间，忘记了家和儿女，也忘记了累。多少年后我在这片荒野上游荡，有一天，在草莽深处我看见一大片翻得整整齐齐的耕地，我一下认出这是父亲干的活儿。我跑过去，扑在地上大喊父亲、父亲……我听见我的声音被另一个我接过去，向荒野尽头传递。我站起来，看见父亲的那把铁锨插在地头上，木把已朽。我知道父亲已经把活儿干完了，他正在回家的路上。我也该回家看看了。我记不清自己游荡了多少年，只觉得我的身体在荒野上没日没夜地飘游，没有方向，没有目的，也不知道累，若不是父亲翻虚的这片地挡住我，若不是父亲插在地头的铁锨提醒我，我就无边无际地游荡下去了。

芥，那时候家里只剩了你。我的兄弟们都不知到哪里去了，他们也和父亲一样，某个早晨扛一把锨出去，就再不回来了。我怎么也找不到他们。黄沙梁附近新出现了好多村子，我的兄弟们或许隐姓埋名生活在另一个村庄了。有些人就是喜欢把自己的一生像件宝贝似的藏起来不让人看，藏得深而僻远。

我记得三弟曾对我说过，一个人就这么可怜巴巴的一辈子，为啥活给别人看呢。三弟是在父亲走失后不久说这句话的，那时我就料到，三弟迟早会把自己的一生藏起来。没想到我的兄弟们都这样小气地把自己的一辈子藏在荒野中了。

我把钥匙压在门口的土坯下面，我做了这个记号给你，走出很远了又觉得不踏实。你想想，一头爱管闲事的猪可能会将钥匙拱到一边，甚至吞进嘴中嚼几下，咬得又弯又扁。一头闲溜达的牛也会一蹄子下去，把钥匙踩进土中。最可怕是被一个玩耍的孩子捡走，走得很远，连同他的童年岁月被扔到一边。多少年后，这把钥匙被一个有贼心的人捡到，定会拿着它挨家挨户地试探，在人们都不在的一天，从村子一头开始，一把锁一把锁地乱捅。尤其没开过的锁，往里捅时带着点阻力，涩涩的，能勾起人的兴致。即使根本捅不进去，他也要硬塞几下。一把好钥匙就这样被无端磨损，变细、变短，成为废物。遭它乱捅的锁孔，却变得深大而松弛，这种反向的磨损使本来亲密无间的东西日渐疏离。爱情也是这样。这么多年我循序渐进地深入你，是我把你造就得深远又宽柔。我创造了一个我到达不了的远方，挖了一口自己探不到底的深井。在这个漫长过程中我自己被消损得短而细小。爱情的距离就这样产生了。

早晨微明的天色透进窗户，你坐起身，轻轻移开我压在你腹部的一条腿。

你说："那块地都荒掉了。"

"哪块地？"我似醒非醒地问你。

接着我听见锄头和铁锨轻碰的声音、开门的声音。

我醒来时不知是哪个早晨，院子扫得干干净净，柴垛得整整齐齐，细绳上晾晒着洗干净的哪个冬天的厚重棉衣。你不在了。

村子里依旧刮着大风，我高晃晃地站在房顶朝四处望。风穿过空洞的门窗发出呜呜的鬼叫声。已经多少年了，每次爬上房顶我都在想，有一天我一定提一把镰刀出去，把村庄周围的草全都割倒。至少，割出一个豁口，割开一条道。我父亲走失的第五年，有一天，我在房顶上看见村西边的沙沟里有一片草在摇动。我猛然想到是不是父亲，我记得母亲说过，你父亲就喜欢扛一把锨在乱草中倒腾，他时不时地在一片草莽中翻出块地来，胡乱地撒些种子，就再不管了。吃午饭时，母亲又说：爬到房顶看看，哪片草动弹，肯定是你父亲。

我翻过沙梁，一头钻进密密麻麻的深草。草高过了头顶，我感到每一株草都能把我挡到一边，我只有一株草一株草地拨开它们。结果我找到了一头驴。我认出是几年前王五家丢掉的那头，当时王五家为了这头驴惊动了方圆几百里，几乎远远近近每一条路上都把守着王五家的亲戚，村里每一户人家都被怀疑。没想到驴就藏在离王五家不远的一摊荒草中，几年间它没移动几步，嘴边就是青草，它卧在地上左一口右一口地就能吃饱肚子，对驴来说这是多好的日子。它当然不愿再回到村里去受苦。可王五家却惨了，本该驴做的事情都由王五家的人分担去做了。才几年工夫，王五的腰就弓成驴背了。

我出于好心把驴拉了回去送给王五家。王五的婆姨抱着驴脖子哭了好一阵，驴被感动了似的也吭吭地叫起来。王五的婆姨哭够了转过身来，用一双泥糊糊的眼睛瞪着我说：“你爹出去几年了？”

“五年了。”我说。

“那就对了。”王五的婆姨一拍巴掌，说。

“我家的驴也丢掉整整五年了，肯定是你爹把我家的驴拉出去使唤了五年，使唤成老驴了，才让你给送过来。你说，是不是？”

芥，我记得我们种过一块地，离村庄很远。一个春天的早晨我们赶马车出去，绕过沙梁后走进一片白雾蒙蒙的草地，马打着响鼻。我趴在装满麦种的麻袋上，你躺在我身旁。我清楚地记得有一股大风刮过你的嘴唇，朝我的眼睛里吹拂，我什么都看不见了，只闻到一股熟悉的来自遥远山谷的芬芳气息。马车猛然间颠簸起来，一上一下，一高一低，一起一伏，我忘掉了时间，忘掉了路。不知道车又拐了多少个弯，爬了几道梁，过了几条沟。后来车停了下来，我抬起头，看见一片一望无际的野地。

芥，我一直把那一天当成一场梦，再想不起那片野地的方向和位置。我们做着身边手边的事，种着房前屋后的几小块地，多少个季节过去了，我似乎已经忘记我们曾无边无际地播种过一片麦子。我只依稀记得我们卸下农具和种子时，有一麻袋种子漏光在路上了。

后来我们往回走时，路上密密麻麻长满了麦子。我们漏在路上的麦种，在一场雨后全都长了出来，沿路弯弯曲曲一直生长到家门口，我们一路收割着回去。芥，我一直不敢相信的一段经历你却把它当真了。你背着我暗暗记住了路。那个早晨，我在睡眼蒙眬中听见你说：那块地长荒了。我竟没想到你在说那一片麦地。现在，你肯定走进那片无边无际的麦地中了。

我带走了狗，我不知道你回来的日子，狗留在家里，会因怀念而陷入无休止的回忆。跟了我二十年的一条狗，目睹一个人的变化，面目全非。二十年岁月把一个青年变成壮年，继而老态龙钟。狗对自己忠诚的怀疑将与年俱增。在狗眼里，人一生中的不同时期是不同面孔的好几个人。它忠心尾随的那个面孔的人，随着年月渐渐就不见了。取而代之的是另一副面孔另一番心境的一个人，还住在这个院子，还种着这块地。狗永远不能理解沧桑这回事。一个跟随人一辈子的忠犬，在它的自我感觉中已几易其主，它弄不清人一生中哪个时期的哪副面孔是它真正的主人。

狗留在家里，就像你漂泊在外，是我最放不下的心事。

一条没有主人的狗，一条穷狗，会为一根干骨头走村串巷，挨家乞讨，备受人世冷暖，最后变得世故，低声下气，内心充满怨恨与感激。感激给过它半嘴馍馍的人，感激没用土块追打过它的人，感激垃圾堆中有一点饭渣的那户人。感激到最后就没有了狗性，没有一丁点怨恨，有怨也再不吭声，不汪不吠。游荡一圈回到空荡荡的窝中，见物思人，主人的身影在狗脑子里渐渐怀念成一个幻影，一个不真实的梦。

这还不是最重要的。你回来晚了，狗老死在窝里，它没见过你的狗子狗孙们把守着院子。它们没有主人，纯粹是一群野狗，把你的家当狗窝，不让你进去。

家是很容易丢掉的，人一走，家便成一幢空房子。锁住的仅仅是一房子空气，有腿的家具不会等你，有轱辘的木车不会等你，你锁住一扇门，到处都是路，一切都会走掉。门上的红油漆沿斑驳的褪色之路，木梁沿坑坑洼洼的腐朽之路，泥墙沿深深浅浅的风化之路，箱子里的钱和票据沿发黄的作废之路……无穷无尽地走啊。

我在荒草没腰的野地偶一抬头，看见我们家的烟囱青烟直冒，我马上想到是你回来了，怎么可能呢，都这么多年了，都这么多年了，我快过惯没有你的日子。

我扔下镰刀往回跑。

一个在野外劳动的人，看见自己家的炊烟连天接地地袅袅上升，那种子孙连绵的感觉会油然而生。炊烟是家的根。生存在大地深处的人们，就是靠扎向天空的缕缕炊烟与高远陌生的外界保持着某种神秘的联系。

炊烟一袅袅，一个家便活了。一个村庄顿时有了生机。

没有一朵云，空荡荡的天空中只有我们家那股炊烟高高大大地挡住太阳，我在它的阴影中奔跑，家越来越近。

我推开院门，一个陌生男人正往锅头里塞柴火，我一下愣住了，才一会儿工夫，家就被别人占了。我操了根木棍，朝那个男人蹲着的背影走去。

听到脚步声他慢腾腾地转过身。

“你找谁？”他问。

“你找谁？”我问。

“我不找谁。”他说着又往锅头里塞了根柴火，我看见半锅水已经开了，噗噗地冒着热气。

这个男人去另一个村庄，路过院门口时，一脚踩翻土坯，看见我留给你的钥匙。他小心翼翼地捡起来，擦净上面的锈和尘土，顺手装进口袋。走了几步他又返回来。我一共留给你五把钥匙，能打开五扇门。我们家能锁住的地方我都上了锁。

他捡出一把粗短的黄铜钥匙，对准锁孔塞了几下，没塞进去。又捡出另一把细长的，没费劲就塞了进去，捅到底了，还露半截在外面，他故意扭了几下又拔出来。捅进第三把钥匙时，锁打开了。他在院子里转了一圈，然后又挨个地打开每一间房子。

他先走进一间宽大低矮的卧房，看见一张占据了大半个房间的几十米长的大土炕，他有点吃惊，从没见过这么大的土炕。他想，这家男人肯定雄壮无比呢，他修了一个如此阔大的炕，一定想生养几十个儿女。有这种雄心的男人一般都有健壮体魄，又娶到一房样样能行的好媳妇，有了这些天赐的好条件，他就会像种瓜点豆一般，从大土炕的那头开始，隔一尺种一个儿子，再隔一尺插花地播一个女儿。这是长达几十年的辛勤劳作，要保质保量地种下去又不种出歪瓜裂枣也不容易。再能行的男人赶种到大土炕的另一头也会老得啥也干不动，腰也弯了，腿也瘸了，甚至再没力气下炕。而从这个大土炕上齐刷刷站起来的一群儿女，在一个早晨像庄稼一样密密麻麻地立在地上，挡住从窗外照进来的那束阳光。

他想，这家男人在年轻力盛时一定很自负地算好了一生的精力和时间，才修了这样巨大的一个土炕，他对自己太有信心了。多少年后的今天，显然，他连半个儿子也没种出来，大土炕上一片荒芜，长着些弱小的没咋见阳光的杂草。只有靠东头的炕角上，铺着张发黄的苇席和半条烂毡，一床陈旧的大花棉被胡乱地堆在上面。

是什么东西阻止或破灭了这家男人的雄伟梦想呢？他不知道。

他用一根指头在布满裂缝的桌面上抹了一下，画出一道清晰的印子，尘土足有铜钱厚。他是个流浪人，可能从没安心在一个地方长年累月地体验过一件事情。不像我，多少年来看着一棵树从小往大地长。守着一个院子，从新住到旧。思念着一个人，从年轻到年老昏沉。他没这种经历，因而弄不清多少年的落尘才能在桌面上积到铜钱这么厚。

他转过身，穿过满是杂乱农具的库房，墙上挂的，梁上吊的，地上堆的，各式各样的农具。有些他从没有见过，造型古古怪怪，不知是干什么活儿用的。

芥，有些活儿是只有我能看见的，它们细小或宏大地摆在我的一生里，我为这些不同种类的活儿制造了不同式样的专用农具。我不像父亲，靠一把简单的铁锨就能对付一辈子。有些活儿通过我的劳动永远不见了，或者变成另一种活儿等候在岁月中了。我埋掉的一些东西成为后人的挖掘物时，那种劳动又回来或重新开始了。我割倒垛在荒野中的干草，多少年后肯定有人赶一辆车拉回村里。这些深远的东西一个过路人怎能看清看透呢？他只会惊叹：这家男人长着怎样有力的一双手啊！他为自己准备了如此多而复杂的一库房农具，他到底想干掉多少活儿，干出多大的事业？这些农具中的哪一件真正被用过？

他打开另一扇门，一股谷物腐烂的霉味扑鼻而来。这间房子没有窗户，光线很暗，只有接近房顶的墙上有两个很小的通风洞，房子中间突兀地立着一堵墙，墙的半腰处有个黑洞洞的豁口，他把头探进豁口，看了半天，才看清里面是黑乎乎的半仓粮食。他把手伸进去，抓了一把谷物走到院子里，在阳光下观察了一阵，又用鼻子闻了闻。

没准儿还能吃呢。他想。

要能吃的话，这半仓粮食够一个人吃一年了。

他在院子里转了一圈，捡了些柴火放到锅头旁。他决定住下不走了。他想，这么大一院房子，白白空着太可惜了。他本来去另一个村庄，另一个村庄在哪他自己也说不清，每到一个村庄，另一个村庄便隐约出现在前方，他只好没完没了地往前走。不知走了多少年，他忘记了家，忘记回去的路，也忘记了疲惫。

正是中午，阳光暖暖地照着村子，有两三个人影，说着话，走过村中间那条空寂的马路。

他想，先做顿饭吧。多少年来他第一次感到了饥饿。

我在这时候跑回家里。

我犯了一个天大的错误。芥，我扔下镰刀往回跑，快下午的时候，一个过路人捡走我的镰刀和一捆青草，往后很多年，我追赶这个人。我走过一个又一个喧哗或寂静的村庄，穿过一片又一片葱郁或荒芜的土地，沿途察看每一个劳动者手中的农具，我放下许多事，甚至忘记了家，忘记了等你……

芥，你不认识老四，你到我们家的时候，老四已走失多年。家里只剩下母亲和两个我至今不知道名字的小弟弟。他们小我很多岁，总是离我远远的——像在离我很多年那么远的地方各自玩着游戏。也不叫我二哥，也许叫过，只是太远了我没听清楚。他们总喜欢在某个墙根玩耍，望过去像两个投在墙上的影子。其实他们就是影子，只活在母亲的世界里，父亲离开后再没人带他们来到世上。我一直不知道我有多少个兄弟姐妹。但一定很多，来世的，未来世的，不计其数。我父亲的每一颗成熟的精子，我母亲的每粒饱满的卵子，都是我的兄弟姐妹。他们流失在别处，就像我漂泊在黄沙梁。

多少年后我在这片荒野上游荡时，我又变成了一颗精子或一粒卵子。盲目，无知。没有明确的去处。我找到了你，在很多年间我有了一个安静温暖的归宿。我日日夜夜地爱着你，我渴望通过你回到我母亲那里去。父亲走失后我目睹了母亲长达半世的寂寞和孤独。

我是不是走在一条永远的死胡同里，进来出去又进来，你让我迷路，很多年走不出这个叫黄沙梁的村子。

芥，你没看好我的母亲，你让她走了，带着我的两个不知名字的兄弟远远地走了。你指给我路，让我去追。

正是下午的时候，我扛着铁锨回来，院门敞开着，我喊你的名字，又喊母亲，院子里静静的没有回应，对面墙上也看不见我那两个兄弟的身影，往日这个时候他们玩得正欢，墙上的影子也就最清晰真实。

我推开一扇门，又推开一扇门，家里像是多少年没有人住。我记得我才出去了一天，早晨我出门时，你正在锅头上收拾碗筷，母亲拿一只小小的笤把在扫院子，我还想，这么大的院子母亲用一只小笤把啥时才扫完呢？我吩咐你帮帮母亲，你答应着。树上在落叶子，我出门时，一些树叶落在母亲扫过的地方。

我在地里干着活儿还不时朝村里望，快中午的时候，我还看见我们家的烟囱冒了一股烟，又不见了。我头枕在埂子上睡了一觉，是不是这一觉把几十年睡过去了。

我走出院子找你和母亲，村子里空空的一个人也看不见。我一家一家地敲门，几乎每户人家的院门都虚掩或半开着，像是人刚出去没走远，就在邻居家借个东西、去房后撒泡尿马上就回来，所以门没锁，窗户没关。但院子里的破败景象告诉我，这里已经很久没人居住。我喊了几个熟悉的人的名字。喊第三声的时候，一堵土院墙轰然而倒。我返回家里，看见你正围着锅头做饭，两盘炒好的蔬菜摆在木桌上。

“活儿干完了？”我听见你问我。

“什么活儿？”我在心里想着这句话，说出口的却是另一句，“刚才你到哪儿去了？”

“我给你做饭哩。”

“那我回来咋没看见你。”

“你回来了？啥时？”

“刚才。”

“刚才？”你说着又把炒好的一盘菜放在木桌上。

“那我母亲呢？”

“刚走，她说不回来吃饭了。你母亲太能吃饭了，一顿吃好几个人的饭还不停地叫饿。她说她是给你的几个兄弟吃饭的，她自己好多年前就不需要吃饭了，只喝点西北风就饱了。”

我朝你指的路上追去，没跑几步又折回来。

“那么，村里人都到哪儿去了？”

“都在哩。”

“在哪里？”

“还不是都在干自己的活儿哩，你想想你到哪儿去了就该知道其他人的去处。”

你说着把一碗烧好的汤放在桌上。我看见发绿的汤里扔着几根白骨。另几盘也是些腐肉和陈菜，那些菜像是多少个季节以前摘的，发着陈旧的灰黑色。虽是刚炒出来，却一点热气都没有。倒像一桌放多年的供食。再看你，也像衰老了许多，衣袖有几处已朽烂，铜手镯绿锈斑斑，似乎这顿饭你做了很多年才做熟。炉膛里还是多年前的那灶火，盘子里是多年前的肉和蔬菜，我的胃里蠕动着的也是多年前的一次饥饿。

芥，我记得我才出去一天。

我三十岁那年秋天，我想，我再不能这样懵懵懂懂地往前活了。我要停下来，回过头把这半辈子认认真真回味一遍。如果我能活六十岁的话，我用三十年时间往前走，再用剩下的三十年往回走，这样一辈子刚好够用。

从那时起，我停住手中的一切活计，吃着仓里的陈旧谷子，喝着井里的隔年老水，拒绝和任何一个陌生人认识，也不参与村里家里的一切事务。唯一的在外面的活动是：当我回想不起来的时候，找几个熟悉我的人聊聊往事。

那年秋天家家户户大丰收，人人忙忙碌碌。仓满了，麻袋也用完了，院子里、房顶、马路上，到处堆放着粮食。人们被多年不遇的丰收喜昏了头，没谁愿意跟我闲扯陈年旧事。他们干着今年的活儿，手握着今年的玉米棒子，眼睛却满含喜庆地望着来年。他们说，啊，要是再有几个这样的好年成，我们就能把一辈子的粮食全打够，剩下的年月，就可以啥也不干在家里享福了。他们一年接一年地憧憬下去，好年成一个挨一个一直延伸到每个人的生命尽头。照这样的向往，我发现他们根本没有剩下的年月可以啥也不干待在家里享福。往往是今年的收成还顾不上吃几口，另一年的更大丰收又接踵而来，大丰收排着大队往家里涌，人们忙于收获，忙于喜庆，忙得连顿好饭都顾不上吃，一村人的一辈子就这样毫无余地地完蛋了。

我庆幸自己早早刹住了车。芥，只有你理解我。在我满屋满院子翻找那些能够证明我过去生活的旧农具、旧家什以及老账单、破鞋帽时，你不动声色地配合我，一边收拾着满院子的粮食，一边找出你早年的衣饰，穿戴在身上，用你以往的眼神和微笑对着我，说着你对我说过的话，重复着你对我做过的那些动作。

芥，我就从前一天的晚上开始回想。我顶好院门，用一捆树枝把院墙上的豁口堵住。天还没有黑透，还不到睡觉的时候，你早早就喊我上炕，不叫我出去转，和屋后的韩三吹吹牛、聊聊天，乘机抽他的一根烟。韩三叫我谝高兴时，就会递过一大张烟纸，抓一大撮烟棵，让我又粗又长地卷一根烟。这件便宜事我从没告诉过你，即使告诉了，你也不会放我出去一个人过瘾。我看得出，你从天一亮就开始盼着天早早黑，好早早上炕。那时你是多么狂热地依恋着我啊！多少年后的那些个晚上，当我闲着没事想出去混根烟抽时，韩三早已不在村里，他家装修考究的窗户门变成几个怪模怪样的黑洞，遇到风天便发出呜呜的怪叫。

我坐在炕沿脱衣服时，还听到村里忙忙碌碌的人声、狗和牲畜的叫声。我忙碌的时候，不会清晰地听到其他人忙碌的声音，现在我不忙了，要忙另一件事了。你让我早早闲下来，怕我累坏了身体干不成正事。

我就从这一夜开始回忆，从三十岁的这一夜起，我就往回走了，背对着你们——一村庄人，面朝曾经发生过的事情。熄灭的油灯又亮起来，橘黄的亮光重新温馨地照着这间房子，这张几十米长的大土炕。我们睡在土炕的一头，另一头堆满了玉米棒子，都是新鲜的刚收获不久的棒子，夜里我困顿时你顺手拿过又粗又长的一个，摇醒我。你把玉米棒抓在手里，对着我的嘴唇撩来弄去。你知道怎样弄醒我。

外面刮起风。我听见风把院子里的干树叶刮起来，带到很远很远的地方，紧接着一些很远处的树叶又被风刮到房顶和院子里。你不让我吹灯，你不知道灯亮着我多心疼，家里只有一小瓶灯油，我准备了好几个大桶，并排放在库房的墙根。我想年轻时多摸摸黑，节省点灯油，到我上了年纪，老眼昏花时就会有足够的灯油，我在四周点好多盏灯。当一个人视力渐衰时他拥有了好多盏灯，一盏一盏地，把那些他看不清的地方一一点亮，这是多么巨大的补偿啊！这种补偿不会凭空而降，要靠自己在漫长一生中一点点地去积攒。你怨我性急，我咋能不急呢，灯亮着，灯油一丝丝耗尽时，我就觉得自己没有了力气，只想早早熄灯入梦。

我站在村头观察了好一阵。月光下的黄沙梁，就像梦中的白天一样。一切都在银灰色的透明空气中呈现出原来的样子——树还是那样高，似乎我离开后树再没有生长过。房子还那样低矮，只是不知住在里面的，是不是我认识的那一村庄人。我走了半夜的黑路，神情有些恍惚，记不清自己离开黄沙梁已有多久。我好像做了一场梦，恍恍惚惚醒来，看见自己生活多年的一个村庄，泊在月色里。

就在前半夜，我还一直担心自己走错了路。我记得以前的路是在沙梁顶上蜿蜒向西，绕过一道沟后直端端戳向村子。

“谁把路朝北挪动了半里。”我自言道。

有人为了种地往往会把道路挤到一边，让过往的人围着他的地转。有一年我穿过一片戈壁去胡家海子，去时路还好好的，路旁长满了野草和灌木。几天后当我返回时，这片戈壁已被人耕翻了，并浇了水，种上粮食。我费了大半天时间才绕过去。我想，倘若这个种地人心贪，把地耕种到天边，那我就永远被隔在地这边的他乡了。

而这片荒野并没有人耕种，好像路不小心从沙梁上滑了下来，要么是向北的风一年一年地把路吹到这边了，像吹一根绳子一样。

不过，我想是另一种情景：一场大雪后，荒野白茫茫一片，雪把所有界线和标识覆盖得一片模糊。最先出门的人，搞不清道路的确切位置，但又不能不走，只好大概地瞄一个方向踏雪而去。晚出门的人、车马也都不加考虑地循着这行脚印走去。这样每一场雪后，道路总会偏离原来的轨迹，有时偏左，有时偏右。整个冬天没有几只脚真正地踩在路上。只有到了春天——融雪之后，人们才惊讶地发现：把路走偏了。但又没有谁会纠正这个错误，回到老路上去。反正，咋走还是走到该去的地方，目的地不会错的。

那时候我们刚刚结婚，我整夜守着你，不知道村里发生了啥事。几个兄弟都离我远远的，夜里他们睡在房顶和院子里。母亲啥都不让我干，顿顿给我吃鸡蛋。

赶紧让你媳妇把娃娃怀上。

母亲希望我们家能尽快来一个人。每天都有人走掉，好多人不见了。

我最听母亲的话，父亲离开后，母亲的话语成了我们家里唯一的长辈的声音。她温和舒缓地覆盖着这个家庭，我们按她说的去做，或者当面答应，背后照自己的想法去干活儿。无论听从与否，我们都不能没有这种声音——从祖辈的高处贯穿下来的骨肉之音。父亲母亲，你们的声音将最终成为儿女们的声音，在代与代的山谷间经久回应。不管我们年轻时怎样不听话，违背母语父令，最终还是回到父亲母亲的声音中，用你们的话语表达我们自以为全新的人生，做着父母语言中的所有事情。

芥，你也是听了你母亲的话温温顺顺做了我的妻子。你老早就喜欢我，想嫁给我。你母亲同意后，这个意愿便成了你母亲的，你是个听话的好女儿，照母亲的意愿做了你愿意做的。我也一样。我蓄了二十多年的劲，磨了二十多年的刀，攒了二十多年的念想。现在，我终于和你睡在一个炕上，钻进一个被窝，我却突然意识到这是母亲安排我做的一件事。母亲没说出之前我只是在夜里偷偷地想你，母亲说了，我就照她的意愿去做。

我十六岁那年，母亲让我去开一片荒地。放下这么多熟地不种，开什么荒呀。我心里叨咕着，还是去了。那是片稀稀拉拉长着些蒿草的白皮地，看样子没人动过一锨一锄。这叫处女地，开起来费些劲，但你不能老在别人开过的地里倒腾。男人嘛，总要整几块处女地。我在地上挖了几锨，地太硬，锨怎么也插不进去。

“母亲，我是不是劲太小了，没到开荒的年龄？”我问。

“你父亲十三岁就开始在荒地里舞锨弄锄了。”母亲说。我懊丧地坐在地上，看着硬邦邦的生地愣了半天，快中午时，扛着锨回到家里。

你叫我做的每一件事我都躲不过去，现在不做，将来还会去做。

母亲，我面对的依旧是你几年前让我去开的那块荒。我依旧像几年前那样慌乱无措。吃早饭时，我一直低着头不敢看你，也不敢看我的几个兄弟，他们眼巴巴望着我，想让我回答什么。母亲，只有你看出来了。我的脸上依旧是几年前从荒地回来时的那副表情。

芥，我看见母亲叫过你，低声地问着什么。你一脸羞红，不时摇头或点头。早晨的阳光温和地照着院子，我浑身燥热，坐立不安，几个兄弟放下碗筷，正收拾农具下地。其中一个有意碰了一下我立在墙根的铁锨，锨倒了，我起身去扶。我是善用镰刀的人，你们却让我使锨。

我要在地上挖个洞。

挖个坑。

挖口深井。

我想着有个东西就像锨把一样粗硬起来。我回过头，看见母亲把嘴贴在你耳朵上很神秘地说了句什么。

你一直没告诉我母亲对你说的那句话。母亲从没有那样神秘地对我说过什么，她有很多儿女，不能单独把某些话语告诉其中一个，她的每句话都是说给每个儿女听的。她一定想通过你把一句隐秘的话悄悄传给我，你却把它隐藏了，不向我透露一个字。

芥，你知不知道，有很多年，我每夜在你身上翻找，一遍又一遍，不放过一个隐秘处，每个地方我都想进去。我想象母亲的那句话已被你藏在身体的某处，我要找到它。从那时起我就不再吻你的嘴唇，我把所有的热情用在别处，我想感动它们——我能感动它们。你的嘴唇不告诉我，我就问你的手指和眼睛，问你的肚脐，问你的头发和脚后跟，它们会说话，你的嘴说不出来的，无法表述的，它们会表达得生动而美丽。

村子里忽然响起男人和女人在一起时发出的那种呻吟。从路旁那些黑洞洞的窗口飘出来，空气被这种声音搞得湿乎乎的。

我记得以前村里没这种声音。那时的夜是多么安静。大人们悄无声息地行着房事，孩子们悄无声息地做着梦。不断走失的人让剩下的人们感到了生育的紧迫。

多少年来村里的男人女人虽是面对面、眼对眼、嘴对嘴、心对心地做那事，但都是黑灯瞎火，有天没日。从窗户门缝透进点星光月光，也是朦朦胧胧，不明不白。只觉得稀里糊涂就有了一炕儿女，金童玉女也好，歪瓜裂枣也罢，都是一种方式出来的。先是一对男女在黑暗的大土炕上摸到一起，尔后是一尾精子和一尾卵子在更加黑暗的母体内摸索到一起。一个人从孕育到出生都是这么荒唐和盲目。

全不像种地，先分清种子。种瓜得瓜，种豆得豆。传宗接代的事却由不得你，种子撒出去，五花八门，谁知是些啥货色，管它饱子、秕子、病子，千万粒种子最后只发一个芽，结一个果。却不见得是最好的。

芥，我给你的都是秕子吗？都是存放经年的陈腐老子吗？很多年间我不分季节地播种，我在一小块地上撒了那么多种子，竟没一个发芽的。是饥饿的你把我所有种子当口粮吞吃了，还是那块地里只长芳草。芥，你记不记得那个夜晚我提一把镰刀上炕，我把镰刀握在手里。你疑惑地看着我。我要把镰刀带进梦里。我要梦见你的那一块地。我要割光地里所有的草，让我的种子发芽长出粮食。

一个秋天的下午，我终于在一户人家的窗台上找到了我的镰刀，它被磨得只剩下一弯废铁。

这户人家看样子是喂牲口的，房前屋后垛了从远远近近的野地里割来的荒草，我的那捆草肯定压在这些高高的草垛中间，要是能翻出来，我会一眼认出它的。我捆草的方式跟谁都不一样。每一捆草上我都做了只有我能看出的记号。我暗暗在我经手的每件事情上都留下我的痕迹，甚至在鞋底上刻上代表我名字的一个字，我走到哪里，就把这个字印到哪里，在某些关键地段，我有意把脚印踩得很深，我这样做只是为了多年后当我重返这片荒野时，能清晰地看到自己生活过的痕迹。很早我就预感到我还会来到这片荒野上，还会住进黄沙梁，不是我一个人，而是一大群，那时的我作为曾经人世的向导，走在浩浩荡荡的人群前面，扛一把铁锨指指点点。我引他们走我走过的长短路途，经历我经历过的所有事物，他们不会比我做得更出色。

我房前屋后转了一圈，没见一头牲口，人也不知干啥去了，门窗敞开着。我想喝口水，可是水缸是干的，院子中间的一棵榆树，也像枯死多年了，树杈上高高地吊着只破马灯，足有两个人那么高。我想是树很小的时候，这家人把马灯挂在树枝上，坐在树下的灯影里一夜一夜地干着一件事。后来树长高了，马灯跟着升到高处。在这个谁也够不着的高度上马灯熬干灯油，自己熄灭了。这家人的活儿干完了没有呢？

枯树下面是一驾只剩一只轱辘的破马车，一匹马的骨架完整地堆在车辕中间。显然，马是套在车上死掉的，一副精致的皮套具还搭在马骨头上。这堆骨架由一根皮缰绳通过歪倒的马头拴在树干上，缰绳勒进树身好几寸，看来赶车人把车马拴在树上去干另一件事，结果再没回来——或者来得像我一样晚。这期间榆树长了一圈又一圈……

我坐在一把吱吱乱响的木椅上，爱怜地抚摸着我的镰刀，我真心疼啊！是怎样的一个人把我的镰刀使唤成这样了。他用我的镰刀干完了本该由我去干的这些活儿，要不是找这把镰刀，我的草也会垛得跟这户人家的一样高。一把好镰刀，在别人手中经历了一切，变成一弯废铁，它干出的活儿成了别人的。我想了想，要干掉多少活儿才能磨废一把镰刀呢？干完这些活儿要花多少个年月。想着想着我惊愕了：这户人早已不在人世。

我不知道时间过去了多少年，也许我的一辈子早就完了，而我还浑然不觉地在世间游荡，没完没了，做着早不该我做的事情，走着早就不属于我的路。

亲人们一个个走掉了，村里人也都搬到别处，我的四周寂静下来，远远近近，没有人说话的声音，也听不到走路声。我在一个人的村庄进进出出，没有谁为我敲响收工的晚钟，告诉我：天黑了，你该歇息了。没有谁通知我：那些地再不用种，播种和收获都已结束。那个院子再不用去扫，尘土不会再飘起，树叶不会再落下。更没有谁暗示我：那个叫芥的女人，你不必去想念了。她的音容笑貌，她的青春，一切的一切，都在一场风中飘散。结束吧，世间还有另一些事情，等着发生呢。

峡河七十里

陈年喜

很多事，很多人，因为没有目的，
而达到了很美很远的目的，而我们后来的很多事物，
因为太有目的，结果离目的越来越远。

一

我不知道一九七〇年以前峡河的样子，我不可能知道，因为那一年的大年夜我才来到这个世界。世界上因河流而得名的地方很多，要举例子估计三天三夜也举不完，峡河这片地方也算因物获名的一个。我爷爷说，民国时峡河就叫峡河保，最大的人物是保长，至于民国之前叫什么，他也不知道。他和我一样，不可能知道这个没有任何文字记录的地方更远的身世。我出生时峡河叫峡河人民公社，过了十几年

（也好像是二十几年），改了名字叫峡河乡，又过了十年，行政版图上叫峡河村，至于以后还会怎么改名，那是以后人们的事情。

峡河这地方有数不清的沟沟岔岔、梁梁峁峁，每个小地方都有自己的名字，黄家沟、牛岔、西河垴、东疙瘩……简单又神秘，没有一个重复的。高中毕业那年，乡政府抽调年轻人参与村庄规划，我被抽上了，拿个本子做记录，跑了十几天，那些奇奇怪怪的地名我至今都没有忘记。这儿的人，无论住在哪个地方，只要走出了峡河，别人问起来源，一律会回答：峡河的！仿佛坐不更名的赴死好汉似的。

人们习惯称峡河七十里，说的是东边的西界岭到西边武关河的长度。西界岭往东是河南省地界，这里的山根有一个泉眼，是峡河的源头。在电视里，很多人都看到过长江和黄河的源头，细细一脉泉水，若有若无，寂寂寞寞。再大的江河，它的出生地都差不多，就像人的幼年，有区别的是后来。峡河到了武关就归了丹江，再往下就归了长江，水还是峡河的水，但与峡河就没什么关系了。

我出生的地方叫塬上，按说秦岭南坡没有塬的地理概念，但怎么就叫了塬上，这是一个谜。一九九八年冬天，我们全村人去另外一个很远的村参加农田基建会战，那时候年年春冬两季搞会战，不是修路就是造田，称为再造山川秀美新西北工程。有一天傍晚，我独自从工地回家给工队拿菜和粮，在抄小路登上武峰山顶时，落日如盘，金辉无边，我第一次面对面完整又真切地看到了塬上的全貌：一只手掌，立在一片山坡上，指尖是北巅的群峦，再往北，群山如涛，我不知道它们延伸到了哪里。人烟都集中在了掌心部位，沟壑形成了手掌的纹理。峡河从塬下流过，那些纹理带着溪水、花花草草与峡河相接，成为它的一部分。那时候，塬上人烟鼎盛，有近六十口人，大家晨起暮歇，还没有外出打工的念想，也就是说，没有一个人逃出塬的掌心。现在，塬上只剩二十口人了，人们纷纷逃出，以各自的生和死的方式。

一九七五年，塬上出了云母矿。我的整个童年、少年时期都与云母有关。

峡河人把狐狸不叫狐狸，叫毛狗。云母矿是一窝毛狗发现的。那一年，刘席匠喂了一群鸡，鸡长得好，蛋也下得好，每天产出的蛋，几乎和鸡的个数相等。有一天，刘席匠发现蛋少了一个，数了数发现鸡也少了一只，第二天，发现又少了一只鸡。他顺着散落的鸡毛找啊找，找到了松树梁上，发现了一个毛狗洞。毛狗洞是倾斜向下的，细细长长不知深浅，毛狗们出门去了。刘席匠见过不少动物的家，这个洞算得上豪宅，洞墙上贴满了金光闪闪的壁纸，细细看，是云母。刘席匠知道云母是一种工业材料，能绝缘，紧缺得很。云母不是贴上去的，是石头里长出来的，刘席匠知道，毛狗是聪明，但它还不会用糨糊。云母有小块的，也有大块的，他用力掰下来一块，像一本装订精致的书本，与书本不同的是，云母不但能一层层揭开，还能要多薄有多薄。

刘席匠将一块薄得不能再薄的云母贴在一只眼睛上，他看见对面山上有一个人在开荒，开荒人手里的家伙雨点一样落下，而更南的山顶，一场雨真的来了。

二

大规模开采云母矿，是两年后的事了。

这时候我长到七岁，开始上小学。学校在峡河边上，秋天满河的芦花，白得没边没沿，夏天芦苇丛里藏了数不清的小黑鱼。学校东西两边各有一棵树，一棵是柏树，一棵是柳树，它们互不相干又互不服气，把风和叶子往对方身上吹。小学的生活内容就两件事，一件是读课本，另一件是在两棵树下撒野。从小学一年级到六年级毕业离开峡河去镇上读初中，无法无天的六年里，我们听到最多最响的声音是上课下课的铃声，其次是爆破声，它发自云母矿坑，不定时也不定量，充满了突然性和暴戾。戏剧性的是，二十年后，相同的爆破声在我手里接着发生，延续，响彻十六年，直到我的右耳渐渐失聪，肺里布满尘埃。现在，它们又在梦里向暮年延伸。

开矿的工人住在我爷爷的茅草房子里，爷爷住东屋，他们住西屋，而大量的云母堆在厦房，它们被分拣，按质分装，运到峡河边的加工厂，由女工们加工成薄片，运到城市的工厂。开矿的工人和加工厂的工人都是各村挑选来的青年，他们发了工资就交给所在的生产队，记工分，分粮食。后来，云母矿开大发了，矿工们在矿边盖了房子，其中有位青年，若干年后，做了我的岳父。

残次的云母叫云母渣，供销社里收购，二分钱一斤。星期天和假期，我跟着大人们去云母矿捡云母渣。那些年，它几乎是峡河边上人们唯一的收入。

开始的时候，很容易捡到，云母被爆破的气浪带到空中，落得漫山遍野，再好的云母，经过爆破，都变成了渣，工人们懒得去捡，他们只要那些好品质的、大块儿的。一段时间山上的云母渣被捡得少了、完了，一茬炮又崩出来，循环往复，总也有捡的。漫山捡云母渣的多是老太太和孩子，背一个口袋或一个竹筐，拿一柄小镢。有力气的人看不上，他们人手一柄大锤，见石头就砸，有的一块石头，能砸出几十斤云母。最热闹的时候，我看见过上百人捡云母渣的壮观情景，人们欢天喜地，仿佛不是来捡云母的，而是来看戏的。

捡云母渣的过程中，发生过许多故事，有人被石头砸伤，有人因争抢一块石头打架，还有日久生情的，但比较起来，还是刘席匠那个云母坑的事更有意思些。

松树梁北面有一条沟，是条旱沟，只有阴雨季节才会有水流。有一天，刘席匠砸了半晌石头也没砸出多少来，心里很不痛快。他到北面去方便，小便冲出一块云母，闪闪发亮，这是一片高品质的云母，不是渣，上面没有一点拆纹，镜子似的。他用手里的锄头刨了刨，下面露出绵延的云母矿石。他白天不敢开，一方面是因为生产队里要上工，另一方面主要还是怕别人知道，山上的东西，见者有份，并不是谁可以专有的。刘席匠白天上工或打席，晚上上山开云母，那时候没有电灯，他让老婆掌一盏煤油灯，煤油灯昏暗，只能把捻子调大，就特别费油。

刘席匠的云母矿坑被人发现时，已经是第二年夏天的事了，其实不应该被发现，刘席匠做得很隐秘，白天都用树枝草叶把洞口盖上，伪装得不露一丝痕迹。事情败露在煤油上。那时候只有唯一的供销社柜台卖煤油，一般一家人一个月一斤就够了，刘席匠一个月灌三斤，且月月如此。供销社柜员老周觉得不对，报告给了民兵连长小黄。

黄连长带人找到了刘席匠的矿坑，矿坑已经打到了十几米远，延伸到了山体深处，洞体有宽有窄，有高有低，曲里拐弯，像藏着无数秘密，其实什么也没有。矿洞四壁都被煤油烟熏黑了，使人不敢沾身。人们提来了一桶水，泼在壁面上，壁上稀稀疏疏的云母立即无比耀眼。掌子面有一盏葡萄糖瓶做的煤油灯，还有半瓶油。

没有卖完的云母自然被没收了，有两千多斤。大家也没有为难刘席匠，只把坑口封了。两年后，包产到户，大集体解体。刘席匠再没有打席，带着女人、女儿一家人回到了老家河南南阳。如今，夹带着峡河的丹江水从他的老家被送往北京。我记得刘席匠的女儿叫莲，有一双惊鸿似的眼睛，一根永远打不散的辫子，别的，都记不清了。

两年后，云母矿倒闭，工人们各回各家，风云十年的集体企业风消云散，不是因为资源枯竭，而是因为云母被别的工业品代替。峡河的人们也不再依靠云母渣维持生计，开始四处打工，有的去南方工厂，有的去北方矿山，只有刘席匠留下的矿坑还在，牛羊和鸟兽们经常在那儿饮水，绿洼洼地瘆人。

三

峡河八七大水那年，我十七岁。

那天是星期六，同学们都回家去了，我因为离家远，留在了学校。教室空荡荡的，我一个人去操场打篮球。没有人可传球，一个人练习投篮。教导主任张老师站在办公室的台阶上喊我的名字，张主任是我的班主任，兼着我们的数学课教师。他说："你快回家，你家里有急事。"我问啥事，他不说，只说："你快回去，我准你一个星期假。"我说我还没吃早饭，他转身回去，拿了一个馒头出来，说，拿着路上吃。我拿着馒头边走边啃，这是一只白面馒头，我记得它成形前的袋子上，印着一行红字：富强粉。在此前，除了拿工资的人，很少有人吃过这种雪白的面粉。我心想，家里有什么事呢？天阴了，看样子要下雨，我加快了步伐。从学校到家，九十里。

是十二岁的妹妹不在了。

走到峦庄街，离家还有二十里，这是我读初中的地方。有一个人从峡河过来回家去，他是我家一位邻居的亲戚，我从小就认识他。他有些瘸，走起来因身体有些摇摆而显得妖娆。相遇时，他劈头对我喊，还不快跑，你妹妹死了！我没有回答他，向家的方向飞跑起来。妹妹小我五岁，是兄妹中最小的。她出生那年，计划生育政策开始紧张，很多孩子都被流掉了，父亲坚信这一定是个女儿，生个女儿是他最大的心愿，于是，妹妹幸运地来到这个世界。

妹妹的童年和任何一个哥哥的童年没有什么区别。那时候，峡河所有孩子的童年基本都是相同的，没有玩具，没有陪伴，欢天喜地或哭哭啼啼。那时候，所有的人都忙极了，除了自己吃饭，还要上缴粮食，上缴鸡蛋、生猪，没完没了地参加各种建设劳动。峡河那些年开始修通村公路，逢山开路，逢水绕道，逢树砍掉。

母亲没有奶水，也没钱买奶粉，妹妹吃饭油子长大。她的整个童年，饭油子是我来一口口喂她的。所谓饭油子，就是玉米粥最上层可以起皱的部分，据说它是一锅粥的全部精华，富于营养。如果是做豆腐，它就是成为豆皮的那部分。

家里有一个麦草编的碗，里外涂了树漆，油光发亮，结实又轻巧。最重要的是，它非常容易清洗，吃过了饭，用水轻轻一冲就干净了。当然，那时候所有的饭菜都没有油水，后来有了油水，那只碗却再也找不到了。那只碗从老大一个个使用下来，到了妹妹这儿，自然成了她的专用碗。我用它盛一碗饭油子，一口口地喂妹妹。女孩子，特别爱哭，烫了，她哭，凉了她也哭，慢了哭，急了也哭。从没牙到一颗牙，从一颗牙到满口牙。感冒时，她就不吃饭，我在她的碗里放一颗糖精，整碗饭变得很甜，她一口气全喝下去了。糖精只有供销社有，一分钱五粒，像一颗微型的方糖。

本来妹妹的病还有救，但峡河发了大水，外出的路隔断了。峡河那时候只有一条出山的路，跟着河水走，峡河一发水，它就断了。每年都要断几回，但一九八七年的那场水，让它断得非常彻底。妹妹就只能在卫生院救治，卫生院只有一个医生，基本没有药，连一支青霉素也没有。妹妹的病由最初的中耳炎发展到最后的脑膜炎。

十二岁的孩子不配有一副棺材，帮忙的亲戚，给打了一副松木匣子，匣子的长度正好和她的身体等长。装了妹妹的匣子很轻，两个人很轻易就抬上了山。没有了女儿的父母，日子还得一天天过，只是家里再没有了生气，直到我们兄弟一个个长大，成家，家里才恢复一些暖气。

一九八七年的那场大水，几乎把沿河的庄稼地一扫而光。后来，这些地恢复了很多年，因为没有了土地，很多青年成了光棍儿。那一次，一同扫走的，还有一个人，他活着的时候，有事没事都会被批斗一场，玩儿似的，人们因为对他的批斗而增添生活的乐趣和精神。他的女儿也没哭，说，走了也好，到南阳吃麦去了。

四

离峡河最近的外省是河南，离峡河最近的邻镇是官坡。官坡有唱豫剧的传统，那些年，官坡的剧团年年翻山越岭来峡河唱大戏。官坡只是一个山区小乡，人口一两万，怎么就有了剧团，怎么生存，只有他们自己知道。

峡河地方穷，没有剧场，没有舞台，最开阔的地方就是学校。一唱戏，学校就放假。学生们最爱有剧团来唱戏，不但有戏听，还有自由，想怎么疯就怎么疯。当然，不仅学生们喜欢，大人们也喜欢，每到这时，不仅可以放下手里的锄头，如果季节合适，还可以把树上的樱桃、毛桃、枣带去卖掉。

剧团为什么要费力地来唱戏，我至今仍找不到答案，没有人为他们付钱，得到的仅仅是几顿家常饭。这事我问过大伯，他算一个有学问的人，他说，唱戏的人，喜欢唱戏。后来的生活和人生给了我一些答案，很多事，很多人，因为没有目的，而达到了很美很远的目的，而我们后来的很多事物，因为太有目的，结果离目的越来越远。

二〇〇〇年，我正式成为一个打工人，山南水北，四方飘蓬。我听到的最后一场戏是坠子《双孝廉》。这也是峡河演出的最后一场戏。

那是三月，清明节刚过，山上坟头上的清明挂还很新鲜。清明青半山，而这一年，季节的脚步急，峡河上下全绿了，山花开得愣头愣脑。没有戏台，为了出效果，家家户户拆了门板来，在地中央搭了一个台子，像一座堡垒。

《双孝廉》的故事有些曲折，要唱三天，要听懂，得从头一场一场看。家家户户把家伙什从地里扛了回来，似乎听戏是眼前唯一的大事。有人听哭了，有人听笑了，而无论人多人少，演员们都使出了浑身解数，他们唱别人，也唱自己，而无论是别人还是自己，都要认真。峡河从戏台后的山脚流过，眼前的一切与它无关，又无限相关。它也是一出戏，上演了千年万年，演员们、观众们生了，死了，青了，黄了，彼此分离又纠缠。

冯老汉是峡河最好的二胡匠，本来剧团吹拉弹唱都不缺人，他硬要参加到乐队里去帮忙。没办法，团长给他派了个帮闲的角色，他一拉起来，反倒没主手什么事了。

人过尘世多行孝
死后了烧钱燎纸枉费心
灵前面摆的是这花花供啊
见几个亡人能以沾沾唇
伸手甭打啊无娘子
开口甭骂年老人
不当家还不知柴米贵
不养儿还不知道那都报娘恩
…………

踩着唱腔，我上了开往山外的三轮车。此去的目的地是喀什。记不清这是第几次离开老家，这些年，村里一半的年轻人都上了矿山，他们星星一样撒落在秦岭、长白山、祁连山、贺兰山脉，或者大河之侧。

在叶尔羌河边某处一座山上，我和我的伙伴们，把巷道向山体推进了三千米，去寻找和采掘矿脉，有几处被数次打穿。那里没有信号，没有人烟，甚至没有时间的概念，只有隆隆的机器声与炮声。在这里，我们工作了半年，成了沉默矿石和山体的一部分。这是我十六年矿山生活长长链条的一节，微不足道。

峡河三年前被划为长江水源保护区，三十年河东，四十年河西，枯荣兴亡，几经改道，岁月与人烟云翻雨覆，有人说是八十里，有人说六十里，而三年前的测量，给出了准确的数据：三十五点四千米。

峡河七十里，七十里的地理与风烟，包含了多少秘密，我似乎熟悉，又一无所知，就像我们对于自己，更多的时候，也像老死不相往来的远房亲戚。

今岁又清明

陈年喜

世事如谜，人亦如幻。
许多人事都已无凭无解，也许，它们本无答案，只是我们多想了，
庸人自扰而已。

爷爷是在一九八七年一个多雨的天气里走的。

那个春天，我在一所苦寒山区的中学读高中。学校离家很远，千沟百壑，没有公路相通，自然也没有车，来来去去，都靠步行。那时候我大多是一个星期或两三个星期回家一次，为的是带走一桶下饭的酸菜，五元生活费，一袋玉米面饼或一袋红薯干。

一个星期天，回到家里，吃过了三碗杂面，父亲说，去给爷爷坟上撂张纸，我才知道爷爷在我不在时悄然离开这个世界了。他的坟头一堆新土，在春草勃发中显得格外寂寞，纸幡花白，在风中乱舞，因未经雨水而仍然崭新。漫山野花烁烁，坟后的土坡上一片连翘花开成

了金子。我早听说，这是他三十年前为自己选定的葬身地，经过了三位风水先生的鉴勘才决定下来的。为了防止别人开荒和占领，他早早种下两棵核桃树。这个季节，盈抱粗的核桃树才吐新芽，而早发的果絮繁盛，如果天不作害，该是又一个丰收年景。那一刻，想落泪，又终于没落。那时候还小，还不懂得泪水，还不知道此后岁月漫长的荒烟蔓草里，泪水是命运的一部分。我清楚地记得，那天是清明。

农历里，清明是很重要的物候。此前为黄，此后为青，青黄在此节完成接头，年景和炊烟的飘荡似乎是由此开始的。爷爷一生历经了六十八个清明，终于在第六十九个清明咫尺可期时，再无力承受活着的沉重，停住了。

我无力看见和揣测记忆之前爷爷的生活和命运，在我不足十七年的和爷爷的接触里，他算得上半个读书人。爷爷写得一手极优雅的蝇头小楷，麻纸或者草纸上，雁阵一样，整齐而灵活，似在飞翔和鸣叫。内容在一九八二年之前是生产队的劳动工分，后来是每天所做之事和油盐酱醋的花费。这些称得上书法的毛笔字，一本本存放在一口土仓里，和小麦、苞谷和虫子在一起。后来随着那间草屋的倒塌，永远散佚在了风尘里。

好多年了，我回到家乡，再也难得见到一头猪了，但爷爷的晚年，是一直养着猪的，浑身漆黑头上三道皱纹的那种。商洛北部这地方，春夏时节多雨，连月不开，他披着化肥袋子，顶一只斗笠或草帽，在庄稼地里拔猪草。猪不见粮，全靠吃草，食量就大，一天要吃三大木桶，所以他总是陷在草窠里。为了抢在别人前面打到猪草，他总是早起，太阳起来，照耀庄稼地，照着他挪动的影子。猪圈是橡木架成的，初秋阴雨天，发菌腐败的树干上会长一些木耳，一朵一朵的，黑润如漆，采下来，洗净，用盐水和蒜泥拌了，非常好吃。猪有时候会和我们抢夺，抢到了，会笑。猪笑起来，有一种天真，很快乐得意的样子。

现在到一些地方，还能看到一两间草屋，那是造假作秀的商业行为，目的不言皆明，并不是为了居住的。爷爷到死，都没有离开过草屋。茅草易腐，更兼冬天朔风凶猛，掀得茅草遍地都是，有时会把半坡整片地掀下来，只剩一排乌黑的檩子向着天空。补草就成为每年清明前后必做的功课。他从山上割下经过一冬风吹霜打而不倒不腐的茅草，一捆捆背到檐下，一把把递上屋顶补到漏处薄处。补草使用的工具大多忘了，一种像宝剑状的茅针，我记得最清。它约三尺长，尖头，上面七只孔，那是穿草绳捆扎茅草用的。大人歇火抽烟时，孩子们争抢着把它悬在腰际，冲锋陷阵一回。后来年长，常常想到，兵械的源头大概就是生活生产工具，而战争的源起，也是为了身之居、口之食吧。爷爷一辈子从东山到西山，从一茬茅草到另一茬茅草，从一碗粥到另一碗粥，从一个清明到另一个清明，何尝不也是一场屡败屡战的征战？

一九八六年春，因为黄疸肝炎我休学治病。现在想起来，那是和爷爷走得最近相处最长的时光。某一天，他给我送来一沓书，那是五卷本《毛泽东选集》。我极用心地读完了它。我至今不明白，他为什么会有这套书，为什么要送给我看。书页中我发现一些折痕，也许，在漫漫长夜里，在饥寒的孤独中，他心无可用，翻过它，读过它，借以排遣过一些愁苦，思考过某些事；也许，那是别人所为，他不曾动过它，只是无意中保存着它，只是看我无事可做，让我打发时光。世事如谜，人亦如幻。许多人事都已无凭无解，也许，它们本无答案，只是我们多想了，庸人自扰而已。

想起来，已经很多年没见过爷爷的坟头了。清明年年至，而我年年都在路上，这路到底将通往哪里，有时候清晰，有时候又无限茫然。故乡与异乡，有时候近到一场薄梦的距离，我用尽了一生的力气来张望，也无力打通。一个人有一个人的命运，就像爷爷和他的蝇头小楷，只适合记录杂事和散失。

泡茶馆

汪曾祺

研究联大校史，
搞“人才学”，
不能不了解了解联大附近的茶馆。

“泡茶馆”是联大学生特有的语言。本地原来似无此说法，本地人只说“坐茶馆”。“泡”是北京话。其含义很难准确地解释清楚。勉强解释，只能说是持续长久地沉浸其中，像泡泡菜似的泡在里面。“泡蘑菇”“穷泡”，都有长久的意思。北京的学生把北京的“泡”字带到了昆明，和现实生活结合起来，便创造出一个新的语汇。“泡茶馆”，即长时间地在茶馆里坐着。本地的“坐茶馆”也含有时间较长的意思。到茶馆里去，首先是坐，其次才是喝茶（云南叫吃茶）。不过联大的学生在茶馆里坐的时间往往比本地人长，长得多，故谓之“泡”。

有一个姓陆的同学，是一怪人，曾经徒步旅行半个中国。这人真是一个泡茶馆的冠军。他有一个时期，整天在一家熟识的茶馆里泡着。他的盥洗用具就放在这家茶馆里。一起来就到茶馆里去洗脸刷牙，然后坐下来，泡一碗茶，吃两个烧饼，看书。一直到中午，起身出去吃午饭。吃了饭，又是一碗茶，直到吃晚饭。晚饭后，又是一碗，直到街上灯火阑珊，才夹着一本很厚的书回宿舍睡觉。

昆明的茶馆共分几类，我不知道。大别起来，只能分为两类：一类是大茶馆，一类是小茶馆。正义路原先有一家很大的茶馆，楼上楼下，有几十张桌子。都是荸荠紫漆的八仙桌，很鲜亮。因为在热闹地区，坐客常满，人声嘈杂。所有的柱子上都贴着一张很醒目的字条："莫谈国事"。时常进来一个看相的术士，一手捧一个六寸来高的硬纸片，上书该术士的大名（只能叫作大名，因为往往不带姓，不能叫"姓名"；又不能叫"法名""艺名"，因为他并未出家，也不唱戏），一只手捏着一根纸媒子，在茶桌间绕来绕去，嘴里念说着"送看手相不要钱""送看手相不要钱"——他手里这根媒子即是看手相时用来指示手纹的。

这种大茶馆有时唱围鼓。围鼓即由演员或票友清唱。我很喜欢"围鼓"这个词。唱围鼓的演员、票友好像不是取报酬的。只是一群有同好的闲人聚拢来唱着玩。但茶馆却可借来招揽顾客，所以茶馆便于闹市张贴告条："某月日围鼓"。到这样的茶馆里来一边听围鼓，一边吃茶，也就叫作"吃围鼓茶"。"围鼓"这个词大概是从四川来的，但昆明的围鼓似多唱滇剧。我在昆明七年，对滇剧始终没有入门。只记得不知什么戏里有一句唱词"孤王头上长青苔"。孤王的头上如何会长青苔呢？这个设想实在是奇，因此一听就永不能忘。

我要说的不是那种“大茶馆”。这类大茶馆我很少涉足，而且有些大茶馆，包括正义路那家兴隆鼎盛的大茶馆，后来大都陆续停闭了。我所说的是联大附近的茶馆。

从西南联大新校舍出来，有两条街，凤翥街和文林街，都不长。这两条街上至少有不下十家茶馆。从联大新校舍，往东，折向南，进一座砖砌的小牌楼式的街门，便是凤翥街。街角右手第一家便是一家茶馆。这是一家小茶馆，只有三张茶桌，而且大小不等，形状不一的茶具也是比较粗糙的，随意画了几笔兰花的盖碗。除了卖茶，檐下挂着大串大串的草鞋和地瓜（即湖南人所谓的凉薯），这也是卖的。张罗茶座的是一个女人。这女人长得很强壮，皮色也颇白净。她生了好些孩子。身边常有两个孩子围着她转，手里还抱着一个孩子。她经常敞着怀，一边奶着那个早该断奶的孩子，一边为客人冲茶。她的丈夫，比她大得多，状如猿猴，而目光锐利如鹰。他什么事情也不管，但是每天下午却捧了一个大碗喝牛奶。这个男人是一头种畜。这情况使我们颇为不解。这个白皙强壮的妇人，只凭一天卖几碗茶，卖一点草鞋、地瓜，怎么能喂饱了这么多张嘴，还能供应一个懒惰的丈夫每天喝牛奶呢？怪事！中国的妇女似乎有一种天授的惊人的耐力，多大的负担也压不垮。

由这家往前走几步，斜对面，曾经开过一家专门招徕大学生的新式茶馆。这家茶馆的桌椅都是新打的，涂了黑漆。堂倌系着白围裙。卖茶用细白瓷壶，不用盖碗（昆明茶馆卖茶一般都用盖碗）。除了清茶，还卖沱茶、香片、龙井。本地茶客从门外过，伸头看看这茶馆的局面，再看看里面坐得满满的大学生，就会挪步另走一家了。这家茶馆没有什么值得一记的事，而且开了不久就关了。联大学生至今还记得这家茶馆是因为隔壁有一家卖花生米的。这家似乎没有男人，站柜卖货是姑嫂两人，都还年轻，成天涂脂抹粉。尤其是那个小姑子，见人走过，辄作媚笑。联大学生叫她花生西施。这西施卖花生米是看人行事的。好看的来买，就给得多。难看的给得少。因此我们每次买花生米都推选一个挺拔英俊的“小生”去。

再往前几步，路东，是一个绍兴人开的茶馆。这位绍兴老板不知怎么会跑到昆明来，又不知为什么在这条小小的凤翥街上来开一爿茶馆。他至今乡音未改。大概他有一种独在异乡为异客的情绪，所以对待从外地来的联大学生异常亲热。他这茶馆里除了卖清茶，还卖一点芙蓉糕、萨其马、月饼、桃酥，都装在一个玻璃匣子里。我们有时觉得肚子里有点缺空而又不到吃饭的时候，便到他这里一边喝茶一边吃两块点心。有一个善于吹口琴的姓王的同学经常在绍兴人茶馆喝茶。他喝茶，可以欠账。不但喝茶可以欠账，我们有时想看电影而没有钱，就由这位口琴专家出面向绍兴老板借一点。绍兴老板每次都是欣然地打开钱柜，拿出我们需要的数目。我们于是欢欣鼓舞、兴高采烈，迈开大步，直奔南屏电影院。

再往前，走过十来家店铺，便是凤翥街口，路东路西各有一家茶馆。

路东一家较小，很干净，茶桌不多。掌柜的是个瘦瘦的男人，有几个孩子。掌柜的事情多，为客人冲茶续水，大都由一个十三四岁的大儿子担任，我们称他这个儿子为“主任儿子”。街西那家又脏又乱，地面坑洼不平，一地的烟头、火柴棍、瓜子皮。茶桌也是七大八小，摇摇晃晃，但是生意却特别好。从早到晚，人坐得满满的。也许是因为风水好。这家茶馆正在凤翥街和龙翔街交接处，门面一边对着凤翥街，一边对着龙翔街，坐在茶馆，两条街上的热闹都看得见。到这家吃茶的全部是本地人，本街的闲人、赶马的“马锅头”、卖柴的、卖菜的。他们都抽叶子烟。要了茶以后，便从怀里掏出一个烟盒——圆形，皮制的，外面涂着一层黑漆，打开来，揭开覆盖着的菜叶，拿出剪好的金堂叶子，一支一支地卷起来。茶馆的墙壁上张贴、涂抹得乱七八糟。但我却于西墙上发现了一首诗，一首真正的诗：

记得旧时好，
跟随爹爹去吃茶。
门前磨螺壳，
巷口弄泥沙。

是用墨笔题写在墙上的。这使我大为惊异了。这是什么人写的呢？

每天下午，有一个盲人到这家茶馆来说唱。他打着扬琴，说唱着。照现在的说法，这应是一种曲艺，但这种曲艺该叫什么名称，我一直没有打听着。我问过“主任儿子”，他说是“唱扬琴的”，我想不是。他唱的是什么？我有一次特意站下来听了一会儿，是：

……

良田美地卖了，

高楼大厦拆了，

娇妻美妾跑了，

狐皮袍子当了，

……

我想了想，哦，这是一首劝人戒鸦片的歌，他这唱的是鸦片烟之为害。这是什么时候传下来的呢？说不定是林则徐时代某一忧国之士的作品。但是这个盲人只管唱他的，茶客们似乎都没有在听，他们仍然在说话，各人想自己的心事。到了天黑，这个盲人背着扬琴，点着马杆，踽踽地走回家去。我常常想：他今天能吃饱吗？

进大西门，是文林街，挨着城门口就是一家茶馆。这是一家最无趣味的茶馆。茶馆墙上的镜框里装的是美国电影明星的照片，蓓蒂·黛维丝、奥丽薇·德·哈弗兰、克拉克·盖博、泰伦·宝华……除了卖茶，还卖咖啡、可可。这家的特点是：进进出出的除了穿西服和麂皮夹克的比较有钱的男同学外，还有把头发卷成一根一根香肠似的女同学。有时到了星期六，还开舞会。茶馆的门关了，从里面传出《蓝色的多瑙河》和《风流寡妇》舞曲，里面正在“嘣嚓嚓”。

和这家斜对着的一家，跟这家截然不同。这家茶馆除卖茶，还卖煎血肠。这种血肠是牦牛肠子灌的，煎起来一街都闻见一种极其强烈的气味，说不清是异香还是奇臭。这种西藏食品，那些把头发卷成香肠一样的女同学是绝对不敢问津的。

由这两家茶馆往东，不远几步，面南便可折向钱局街。街上有一家老式的茶馆，楼上楼下，茶座不少。说这家茶馆是“老式”的，是因为茶馆备有烟筒，可以租用。一段青竹，旁安一个粗如小指半尺长的竹管，一头装一个带爪的莲蓬嘴，这便是“烟筒”。在莲蓬嘴里装了烟丝，点以纸媒，把整个嘴埋在筒口内，尽力猛吸，筒内的水咚咚作响，浓烟便直灌肺腑，顿时觉得浑身通泰。吸烟筒要有点功夫，不会吸的吸不出烟来。茶馆的烟筒比家用的粗得多，高齐桌面，吸完就靠在桌腿边，吸时尤需底气充足。这家茶馆门前，有一个小摊，卖酸角（不知什么树上结的，形状有点像皂荚，极酸，入口使人攒眉）、拐枣（也是树上结的，应该算是果子，状如鸡爪，一疙瘩一疙瘩的，有的地方即叫作鸡脚爪，味道很怪，像红糖，又有点像甘草）和泡梨（糖梨泡在盐水里，梨味本是酸甜的，昆明人却偏于盐水内泡而食之。泡梨仍有梨香，而梨肉极脆嫩）。过了春节则有人于门前卖葛根。葛根是药，我过去只在中药铺见过，切成四方的棋子块儿，是已经经过加工的了，原物是什么样子，我是在昆明才见到的。这种东西可以当零食来吃，我也是在昆明才知道。一截葛根，粗如手臂，横放在一块板上，外包一块湿布。给很少的钱，卖葛根的便操起有点像北京切涮羊肉的肉片用的那种薄刃长刀，切下薄薄的几片给你。雪白的。嚼起来有点像干瓤的生白薯片，而有极重的药味。据说葛根能清火。联大的同学大概很少人吃过葛根。我是什么奇奇怪怪的东西都要买一点尝一尝的。

大学二年级那一年，我和两个外文系的同学经常一早就坐在这家茶馆靠窗的一张桌边，各自看自己的书，有时整整坐一上午，彼此不交语。我这时才开始写作，我的最初几篇小说，即是在这家茶馆里写的。茶馆离翠湖很近，从翠湖吹来的风里，时时带有水浮莲的气味。

回到文林街。文林街中，正对府甬道，后来新开了一家茶馆。这家茶馆的特点一是卖茶用玻璃杯，不用盖碗，也不用壶。不卖清茶，卖绿茶和红茶。红茶色如玫瑰，绿茶苦如猪胆。第二是茶桌较少，且覆有玻璃桌面。在这样的桌子上打桥牌实在是再适合不过了，因此到这家茶馆来喝茶的，大都是来打桥牌的，这茶馆实在是一个桥牌俱乐部。联大打桥牌之风很盛。有一个姓马的同学每天到这里打桥牌。新中国成立后，我才知道他是老地下党员，昆明学生运动的领导人之一。学生运动搞得那样热火朝天，他每天都只是很闲在，很热衷地在打桥牌，谁也看不出他和学生运动有什么关系。

文林街的东头，有一家茶馆，是一个广东人开的，字号就叫“广发茶社”——昆明的茶馆我记得字号的只有这一家，原因之一，是我后来住在民强巷，离广发很近，经常到这家去。原因之二是——经常聚在这家茶馆里的，有几个助教、研究生和高年级的学生。这些人多多少少有一点玩世不恭。那时联大同学常组织什么学会，我们对这些俨乎其然的学会微存嘲讽之意。有一天，广发的茶友之一说：“咱们这也是一个学会——广发学会！”这本是一句茶余的笑话。不料广发的茶友之一，新中国成立后，在一次运动中被整得不可开交，胡乱交代问题，说他曾参加过“广发学会”。这就惹下了麻烦。几次有人专程到北京来外调“广发学会”问题。被调查的人心里想笑，又笑不出来，因为来外调的政工人员态度非常严肃。广发茶馆代卖广东点心。所谓广东点心，其实只是包了不同味道的甜馅儿的小小的酥饼，面上却一律贴了几片香菜叶子，这大概是这一家饼师的特有的手艺。我在别处吃过广东点心，就没有见过面上贴有香菜叶子的——至少不是每一块都贴。

或问：泡茶馆对联大学生有些什么影响？答曰：第一，可以养其浩然之气。联大的学生自然也是贤愚不等，但多数是比较正派的。那是一个污浊而混乱的时代，学生生活又穷困得近乎潦倒，但是很多人却能自许清高，鄙视庸俗，并能保持绿意葱茏的幽默感，用来对付恶浊和穷困，并不颓丧灰心，这跟泡茶馆是有些关系的。第二，茶馆出人才。联大学生上茶馆，并不是穷泡，除了瞎聊，大部分时间都是用来读书的。联大图书馆座位不多，宿舍里没有桌凳，看书多半在茶馆里。联大同学上茶馆很少不夹着一本乃至几本书的。不少人的论文、读书报告，都是在茶馆写的。有一年一位姓石的讲师的《哲学概论》期终考试，我就是把考卷拿到茶馆里去答好了再交上去的。联大八年，出了很多人才。研究联大校史，搞“人才学”，不能不了解了解联大附近的茶馆。第三，泡茶馆可以接触社会。我对各种各样的人、各种各样的生活都发生兴趣，都想了解了解，跟泡茶馆有一定关系。如果我现在还算一个写小说的人，那么我这个小说家是在昆明的茶馆里泡出来的。

总有一些瞬间温暖远去的曾经

肖复兴

只是那时候我们站在这里夏日黄昏的清风中，
不知道未来迎接我们的命运是什么，吃凉不管酸，
一腔空荡荡的豪情。

退休后，学习格律诗，自娱自乐，打发时间。马上就到了去北大荒五十三年的日子，前两天，写了一首小诗，怀怀旧——

未出榴花绿满阴，不禁又去一年春。
破书成束诗中梦，残月临窗影外人。
野草荒原忆狐魅，疏灯细语诉风尘。
绝无消息传青鸟，只是偶思福利屯。

这里写到的福利屯，就是五十三年前的夏天我们离开北京到北大

荒下火车的地方。这是当时我国北方东北方向最偏远的一个火车站了。在未设立集贤县之前，福利屯一直隶属富锦县。我一直不明白，火车站为什么不建在县城，而建在一个离县城很远的偏僻荒凉的小镇上？

这确实是一个豌豆公主那样小的小镇，但它却是一个古镇，火车站也是老站，东北沦陷时期就有了。记得下火车是黄昏时分，这时候这里夏日的风，已经没有北京那样燥热，而有些清爽湿润的感觉，因为不远处便是松花江。落日迟迟不肯垂落，漫天的晚霞，烧得红云如火，在西天肆意挥洒。北国，北国风光！这里便是真正的北国风光了，我在林予的长篇小说《雁飞塞北》、林青的散文《大豆摇铃的时节》中看到并向往的地方了。

站台前面，只有一座低矮的房子和简单的木栅栏，便是火车站的站房了。站在空旷的站台上，等着行李卸车，望望四周，一面是完达山的剪影立在夕阳灿烂的光芒里，一面是三江平原一望无际的平坦如砥，再有便是黑黝黝的铁轨冰冷地伸向远方，茫茫衔接的就是从北京一路奔来的路程，也仿佛连接着古今和未来。

以后，我们每一次回北京，从北京再回北大荒，或者是去佳木斯、哈尔滨办事，都得从这里上车下车。福利屯，成为我们生命旅程中必不可少的一个节点，绿皮车厢，硬木车座，火车头喷吐的浓烟，成为青春时节记忆飘散不去的象征。只是那时候我们站在这里夏日黄昏的清风中，不知道未来迎接我们的命运是什么，吃凉不管酸，一腔空荡荡的豪情。

我将这首诗微信发给了当年插队的同学，其中到吉林一个叫新发屯的农村插队的同学立刻回信说：你偶思的福利屯，我似乎并不陌生，五十多年前，你在信中说“车过福利屯，上车后给你的信尚未写完……”年华如此匆匆而过，你的诗令我感到仿佛如昨。

她的这话，让我很感动，五十多年前的一封信，谁还能记住？她在遥远的新发屯，并不在也从来没有来过福利屯，福利屯不是新发屯，过去了五十多年，怎么可以记住福利屯这个那么小那么偏僻的地名？

我回复她，感谢她。她回信说：“回忆中，总有一些瞬间，能温暖整个远去的曾经。”

这话说得有点欧化，但她说的这意思真好。其实，那时候，我和她并不很熟，只是因为她是我一个同学的好朋友，爱屋及乌，联系上了，和她有了通信。那时候，我爱写信，似乎很多知青都爱写信。这种传统古典的方式，特别适合风流云散的知青朋友之间抒发那个时代大而无当又缠绵自恋的情怀。她所说的车过福利屯还趴在火车上写信的情景，只能发生在那时的青春季节里。尽管生活艰苦，命运动荡，未来一片渺茫，心里还是充盈着似是而非未可知的希望，如同车窗外如流萤一般飞驰而过的灯火，总还在眼前闪闪烁烁。那时候，正偷偷看托尔斯泰的《安娜·卡列尼娜》，总恍惚地以为火车头喷吐过的浓烟过后，露出的是安娜一张漂亮成熟的脸庞。

我已经记不得信里写的都是些什么了，但一封五十多年前普通的信还能被人记住，也是极其罕见的事情了。在颠簸的绿皮硬座车厢里写那些似是而非的信的情景，如今可以成为一幅感动我们自己的画了。她说得对，起码在那一瞬间，感动过我们自己，觉得信中那些即便空洞的话也慰藉我们彼此，觉得在缥缈的前方会有什么事情可能发生，即使什么也没有发生，或者发生的并不是我们所预期的。火车头喷吐的浓烟过后，并没有出现漂亮的安娜，而不过是卡西莫多。

是的！回忆中，总有一些瞬间，能温暖远去的曾经。她的话，让我想起了另一个和福利屯相关的瞬间。有一次，我从福利屯上了火车，车驶出站台，开出不一会儿，车头响起一阵响亮的汽笛。起初，我没怎么在意，以为前面有路口或是会车必须鸣笛。后来，我发现并没有任何情况，列车在一马平川的原野上奔驰。为什么要在这时候鸣笛？我把这个疑问抛给了正给我验票的一个女列车员。她一听就笑了，反问我："你刚才没看见外面的一片白桦林吗？"我看见了，白桦林前还有一泓透明的湖泊。难道就是为了这个而鸣笛？年轻的女列车员点头说："就为了这个，我们的司机师傅就喜欢这片白桦林。"

下一次，火车驶出福利屯，经过这片白桦林时，透过车窗，我特意看了一下，发现是很漂亮的风景，白桦林的倒影映在湖水中，拉长了影子，更加亭亭玉立。火车经过这里不过半分多钟，一闪而过，车头正响起响亮的汽笛，缭绕的白烟拂过，在那个落日熔金的黄昏，定格为一幅如列维坦一样的油画。

总有一些瞬间，能温暖远去的曾经。

福利屯！

贰

第二章 以真心为明眸，直视岁月深处

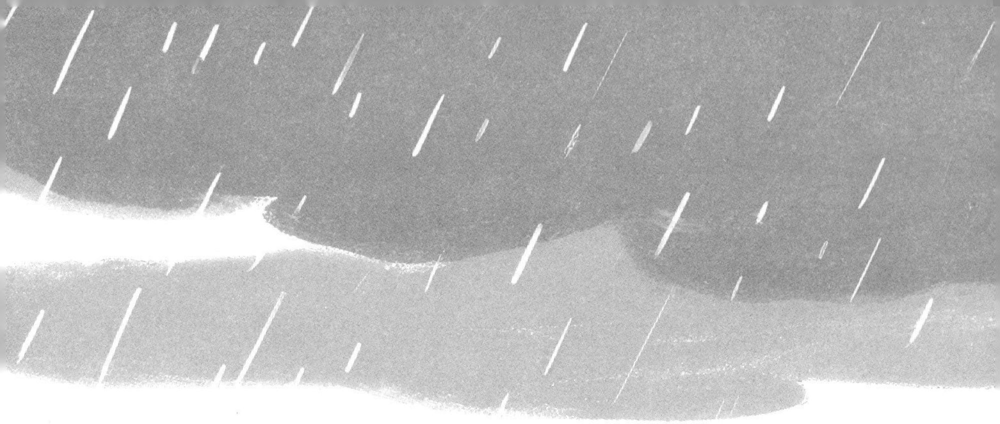

在逃去如飞的日子里，

在千门万户的世界里的我

能做些什么呢？

只有徘徊罢了，只有匆匆罢了。

自得其乐

汪曾祺

一个人在写作的时候
是最充实的时候，
也是最快乐的时候。

孙犁同志说写作是他的最好的休息。是这样。一个人在写作的时候是最充实的时候，也是最快乐的时候。凝眸既久（我在构思一篇作品时，我的孩子都说我在翻白眼），欣然命笔，人在一种甜美的兴奋和平时没有的敏锐之中，这样的时候，真是虽南面王不与易也。写成之后，觉得不错，提刀却立，四顾踌躇，对自己说："你小子还真有两下子！"此乐非局外人所能想象。但是一个人不能从早写到晚，那样就成了一架写作机器，总得岔乎岔乎，找点事情消遣消遣，通常说，得有点业余爱好。

我年轻时爱唱戏。起初唱青衣、梅派，后来改唱余派老生。大学三四年级唱了一阵昆曲，吹了一阵笛子。后来到剧团工作，就不再唱戏吹笛子了，因为剧团有许多专业名角，在他们面前吹唱，真成了班门弄斧，还是以藏拙为好。笛子本来还可以吹吹，我的笛风甚好，是“满口笛”，但是后来没法再吹，因为我的牙齿陆续掉光了，撒风漏气。

这些年来我的业余爱好，只有：写写字，画画画，做做菜。

我的字照说是有些基本功的。当然从描红模子开始。我记得我描的红模子是：“暮春三月，江南草长，杂花生树，群莺乱飞。”这十六个字其实是很难写的，也许是写红模子的先生故意用这些结体复杂的字来折磨小孩子，而且红模子底子是欧字，这就更难落笔了。不过这也有好处，可以让孩子略窥笔意，知道字是不可以乱写的。大概在我十一二岁的时候，那年暑假，我的祖父忽然高了兴，要亲自教我《论语》，并日课大字一张，小字二十行。大字写《圭峰碑》，小字写《闲邪公家传》，这两本帖都是祖父从他的藏帖中选出来的。祖父认为我的字有点才分，奖了我一块猪肝紫端砚，是圆的，并且拿了几本初拓的字帖给我，让我常看看。我记得有小字《麻姑仙坛记》、虞世南的《夫子庙堂碑》、褚遂良的《圣教序》。小学毕业的暑假，我在三姑父家从一个姓韦的先生读桐城派古文，并跟他学写字。韦先生是写魏碑的，但他让我临的却是《多宝塔》。初一暑假，我父亲拿了一本影印的《张猛龙碑》，说：“你最好写写魏碑，这样字才有骨力。”我于是写了相当长时期的《张猛龙碑》。用的是我父亲选购来的特殊的纸。这种纸是用稻草做的，纸质较粗，也厚，写魏碑很合适，用笔须沉着，不能浮滑。这种纸一张有二尺高，尺半宽，我每天写满一张。写《张猛龙碑》使我终身受益，到现在我的字的间架用笔还能看出痕迹。这以后，我没有认真临过帖，平常只是读帖而已。我于“二王”书未窥门径。写过一个很短时期的《乐毅论》，放下了，因为我很懒。《行穰帖》《丧乱帖》等帖我很欣赏，但我知道我写不来那样的字。我觉得王大令的字的确比王右军写得好。读颜真卿的《祭侄文》，觉得这才是真正的颜字，并且对颜书从“二王”来之说很信服。大学时，喜读宋四家。有人说中国书法一坏于颜真卿，二坏于宋四家，这话有道理。但我觉得宋人字是书法的一次解放，宋人字的特点是少拘束，有个性，我比较喜欢蔡京和米芾的字（苏东坡字太俗，黄山谷字做作）。有人说米字不可多看，多看则终身摆脱不开，想要升入晋唐，就不可能了。一点不错。但是有什么办法呢！打一个不太好听的比方，一写米字，犹如寡妇失了身，无法挽回了。我现在写的字有点《张猛龙碑》的底子、米字的意思，还加上一点乱七八糟的影响，形成我自己的那么一种体，格韵不高。

我也爱看汉碑。临过一遍《张迁碑》，《石门铭》《西狭颂》看看而已。我不喜欢《曹全碑》。盖汉碑好处全在筋骨开张，意态从容，《曹全碑》则过于整饬了。

我平日写字，多是小条幅，四尺宣纸一裁为四。这样把书桌上书籍信函往边上推推，摊开纸就能写了。正儿八经地拉开案子，铺了画毡，着意写字，好像练了一趟气功，是很累人的。我都是写行书。写真书，太吃力了。偶尔也写对联。曾在大理写了一副对子：

苍山负雪

洱海流云

字大径尺。字少，只能体兼隶篆。那天喝了一点酒，字写得飞扬霸悍，亦是快事。对联字稍多，则可写行书。为武夷山一招待所写过一副对子：

四围山色临窗秀

一夜溪声入梦清

字颇清秀，似明朝人书。

我画画，没有真正的师承。我父亲是个画家，画写意花卉，我小时爱看他画画，看他怎样布局（用指甲或笔杆的一头划几道印子），画花头，定枝梗，布叶，钩筋，收拾，题款，盖印。这样，我对用墨、用水、用色，略有领会。我从小学到初中，都“以画名”。初二的时候，画了一幅墨荷，裱出后挂在成绩展览室里。这大概是我的画第一次上裱。我读的高中重数理化，功课很紧，就不再画画。大学四年，也极少画画。工作之后，更是久废画笔了。当了右派，下放到一个农业科学研究所，结束劳动后，倒画了不少画，主要的“作品”是两套植物图谱：一套《中国马铃薯图谱》，一套《口蘑图谱》，一是淡水彩，一是钢笔画。摘了帽子回京，到剧团写剧本，没有人知道我能画两笔。重拈画笔，是运动促成的。运动中没完没了地写交代，实在是烦人，于是买了一刀元书纸，于写交代之空隙，瞎抹一气，少抒郁闷。这样就一发而不可收，重新拾起旧营生。有的朋友看见，要了去，挂在屋里，被人发现了，于是求画的人渐多。我的画其实没有什么看头，只是因为是作家的画，比较别致而已。

我也是画花卉的。我很喜欢徐青藤、陈白阳，喜欢李复堂，但受他们的影响不大。我的画不中不西，不今不古，真正是“写意”，带有很大的随意性。曾画了一幅紫藤，满纸淋漓，水汽很足，几乎不辨花形。这幅画现在挂在我的家里。我的一个同乡来，问：“这画画的是什么？”我说是：“骤雨初晴。”他端详了一会儿，说：“哎，经你一说，是有点那个意思！”他还能看出彩墨之间的一些小块空白，是阳光。我常把后期印象派方法融入国画。我觉得中国画本来都是印象派，只是我这样做，更是有意识的而已。

画中国画还有一种乐趣，是可以在画上题诗，可寄一时意兴，抒感慨，也可以发一点牢骚。曾用干笔焦墨在浙江皮纸上画冬日菊花，题诗代简，寄给一个老朋友，诗是：

新沏清茶饭后烟，
自搔短发负晴暄。
枝头残菊开还好，
留得秋光过小年。

为宗璞画牡丹，只占纸的一角，题曰：

人间存一角，
聊放侧枝花。

欣然亦自得，

不共赤城霞。

宗璞把这首诗念给冯友兰先生听了，冯先生说："诗中有人。"

今年洛阳春寒，牡丹至期不开。张抗抗在洛阳等了几天，败兴而归，写了一篇散文《牡丹的拒绝》。我给她画了一幅画，红叶绿花，并题一诗：

看朱成碧且由他，

大道从来直似斜。

见说洛阳春索寞，

牡丹拒绝著繁花。

我的画，遣兴而已，只能自己玩玩，送人是不够格的。最近请人刻一闲章："只可自怡悦"，用以押角，是实在话。

体力充沛，材料凑手，做几个菜，是很有意思的。做菜，必须自己去买菜。提一菜筐，逛逛菜市，比空着手遛弯儿要"好白相"。到一个新地方，我不爱逛百货商场，却爱逛菜市，菜市更有生活气息一些。买菜的过程，也是构思的过程。想炒一盘雪里蕻冬笋，菜市场冬笋卖完了，却有新到的荷兰豌豆，只好临时"改戏"。做菜，也是一种轻量的运动。洗菜，切菜，炒菜，都得站着（没有人坐着炒菜的），这样对成天伏案的人，可以改换一下身体的姿势，是有好处的。

做菜待客，须看对象。聂华苓和保罗·安格尔夫妇到北京来，中国作协不知是哪一位，忽发奇想，在宴请几次后，让我在家里做几个菜招待他们，说是这样别致一点。我给做了几道菜，其中有一道煮干丝。这是淮扬菜。华苓是湖北人，年轻时是吃过的。但在美国不易吃到。她吃得非常惬意，连最后剩的一点汤都端起碗来喝掉了。不是这道菜如何稀罕，我只是有意逗引她的故国乡情耳。台湾女作家陈怡真（我在美国认识她），到北京来，指名要我给她做一回饭。我给她做了几个菜。一个是干烧小萝卜。我知道台湾没有“杨花萝卜”（只有白萝卜）。那几天正是北京小萝卜长得最足最嫩的时候。这个菜连我自己吃了都很惊诧：味道鲜甜如此！我还给她炒了一盘云南的干巴菌。台湾咋会有干巴菌呢？她吃了，还剩下一点，用一个塑料袋包起，说带到宾馆去吃。如果我给云南人炒一盘干巴菌，给扬州人煮一碗干丝，那就成了鲁迅请曹靖华吃柿霜糖了。

做菜要实践，要多吃、多问、多看（看菜谱）、多做。一个菜点得试烧几回，才能掌握咸淡火候。冰糖肘子、乳腐肉，何时炉软入味，只有神而明之，但是更重要的是要富于想象。想得到，才能做得出。我曾用家乡拌荠菜法凉拌菠菜。半大菠菜（太老太嫩都不行），入开水锅焯至断生，捞出，去根切碎，入少盐，挤去汁，与香干（北京无香干，以熏干代）细丁、虾米、蒜末、姜末一起，在盘中抟成宝塔状，上桌后淋以麻酱、油、醋，推倒拌匀。有余姚作家尝后，说是“很像马兰头”。这道菜成了我家待不速之客的应急的保留节目。有一道菜，敢称是我的发明：塞肉回锅油条。油条切段，寸半许长，肉馅儿剁至成泥，入细葱花、少量榨菜或酱瓜末拌匀，塞入油条段中，入半开油锅重炸。嚼之酥脆，真可声动十里人。

我很欣赏杨恽《报孙会宗书》：“田彼南山，芜秽不治。种一顷豆，落而为萁。人生行乐耳，须富贵何时。”“人生行乐耳，须富贵何时”，说得何等潇洒。不知道为什么，汉宣帝竟因此把他腰斩了，我一直想不透。这样的话，也不许说吗？

暂时脱离尘世

丰子恺

今世有许多人外貌是人，
而实际很不像人，
倒像一架机器。

夏目漱石的小说《旅宿》（日本名《草枕》）中有一段话：

苦痛、愤怒、叫嚣、哭泣，是附着在人世间的。我也在三十年间经历过来，此中况味尝得够腻了。腻了还要在戏剧、小说中反复体验同样的刺激，真吃不消。我所喜爱的诗，不是鼓吹世俗人情的东西，是放弃俗念，使心地暂时脱离尘世的诗。

夏目漱石真是一个最像人的人。今世有许多人外貌是人，而实际很不像人，倒像一架机器。这架机器里装满着苦痛、愤怒、叫嚣、哭泣等力量，随时可以应用。即所谓“冰炭满怀抱”也。他们非但不觉得吃不消，并且认为做人应当如此，不，做机器应当如此。

我觉得这种人非常可怜，因为他们毕竟不是机器，而是人。他们也喜爱放弃俗念，使心地暂时脱离尘世。不然他们为什么也喜欢休息，喜欢说笑呢？苦痛、愤怒、叫嚣、哭泣，是附着在人世间的，人当然不能避免。但请注意“暂时”这两个字，“暂时脱离尘世”，是快适的，是安乐的，是营养的。

陶渊明的《桃花源记》，大家知道是虚幻的，是乌托邦，但是大家喜欢一读，就为了它能使人暂时脱离尘世。《山海经》是荒唐的，然而颇有人爱读。陶渊明读后还咏了许多诗。这仿佛白日做梦，也可暂时脱离尘世。

铁工厂的技师放工回家，晚酌一杯，以慰尘劳。举头看见墙上挂着一大幅《冶金图》，此人如果不是机器，一定感到刺目。军人出征回来，看见家中挂着战争的画图，此人如果不是机器，也一定感到厌烦。从前有一科技师向我索画，指定要画儿童游戏。有一律师向我索画，指定要画西湖风景。此种些微小事，也竟有人萦心注目。二十世纪的人爱看表演千百年前故事的古装戏剧，也是这种心理。人生真乃意味深长！这使我常常怀念夏目漱石。

带点笑容

丰子恺

现今的世间，
要进照相馆也不得不
“带点笑容”了！

请照相馆里的人照相，他将要开镜头的时候，往往要命令你：“带点笑容！”

爱好美术的朋友×君最嫌恶这一点，因此永不请教照相馆。但他不能永不需要照相，因此不惜巨价自己购置一副照相机。然而他的生活太忙，他的技术太拙，学了好久照相，难得有几张成功的作品。为了某种需要，他终于不得不上照相馆去。我预料有一幕滑稽剧要开演了，果然：

×君站在镜头面前，照相者贡献他一个摩登花样的矮柱，好像一只茶几，教他左手搁在这矮柱上，右手叉腰，说道：“这样写意！”×

君眉头一皱，双手拒绝他，说：“这个不要，我只要这样站着好了！”他心中已经大约动了三分怒气。照相者扫兴地收回了矮柱，退回镜头边来，对他一相，又走上前去劝告他：“稍微偏向一点儿，不要立正！”×君不动。照相者大概以为他听不懂，伸手捉住他的两肩，用力一旋，好像雕刻家弄他的塑像似的，把×君的身体向外旋转约二十度。他的两手一放，×君的身体好像有弹簧的，立刻回复原状。二人意见将要发生冲突，我从中出来调解：“偏一点儿也好，不过不必偏得这样多。”×君听了我的话，把身体旋转了约十度。但我知道他心中的怒气已经动了五六分了。

照相者的头在黑布底下钻了好久，走到×君身边，先用两手整理他的衣襟，拉他的衣袖，又蹲下去搬动他的两脚。最后立起身来用两手的中指点住他的颞颥，旋动他的头颅；用左手的食指点住他的后脑，教他把头俯下；又用右手的食指点住他的下巴，教他把头仰起。×君的怒气大约已经增至八九分。他不耐烦地嚷起来：“好了，好了！快些给我照吧！”我也从旁帮着说：“不必太仔细，随便给他照一个，自然一点倒好看。”照相者说着“好，好”走回镜旁，再相了一番，伸手搭住镜头，对×君喊：“眼睛看着这里！带点儿笑容！”看见×君不奉行他的第二条命令，又重申一遍：“带点笑容！”×君的怒气终于增到了十分，破口大骂起来：“什么叫作带点笑容！我又不是来卖笑的！混账！我不照了！”他两手一挥，红着脸孔走出了立脚点，皱着眉头对我苦笑。照相者就同他相骂起来：

“什么？我要你照得好看，你反说我混账！”

“你懂得什么好看不好看？混账东西！”

“我要同你评评道理看！你板着脸孔，我请你带点笑容，这不是好意？到茶店里评道理我也不怕！”

“我不受你的好意。这是我的照相，我欢喜怎样便怎样，不要你管！”

“照得好看不好看，和我们照相馆名誉有关，我不得不管！”

听到了这句话，× 君的怒气增到十二分：“放屁！你也会巧立名目来拘束别人的自由……”二人几乎动武了。我上前劝解，拉了愤愤不平的 × 君走出照相馆。一出滑稽剧于是闭幕。

我陪着 × 君走出照相馆时，心中也非常疑怪。为什么照相一定要“带点笑容”呢？回头向他们的样子窗里一瞥，这疑怪开始消解，原来他们所摄的照相，都做演剧式的姿态，没有一幅是自然的。女的都带些花旦的姿态，男的都带些小生、老生，甚至丑角的姿态。美术上所谓自然的 pose（姿势），在照相馆里很难找到。人物肖像上所谓妥帖的构图，在这些样子窗里尤无其例。推想到这些照相馆里来请求照相的人，大都不讲什么自然的 pose 与妥帖的构图。女的但求自己的姿态可爱，教她装个俏眼儿也不吝惜；男的但求自己的神气活现，命令他“带点笑容”当然愿意的了。我们的 × 君戴了美术的眼镜，抱了造像的希望，到这种地方去找求自然的 pose 与妥帖的构图，犹如缘木求鱼，当然是要失望的。

但是这幕滑稽剧的演出，其原因不仅在于美术与非美术的冲突上，还有更深的原因隐伏在 × 君的胸中。他是一个不善逢迎、不苟言笑的人。他这种性格，今天就在那个照相馆中的镜头前面现形出来。他的反抗照相者的命令，其意识中仿佛在说：“我不愿做一切违背衷心的非义的言行！我不欲强作笑颜来逢迎任何人！我的脸孔天生成这样！这是我之所以为我！”故在他看来，照相者劝他“带点笑容”，仿佛是强迫他变志、失节，装出笑颜来谄媚世人，在他是认为奇耻大辱的。然而照相馆里的人哪能顾到这一点？他的劝人“带点笑容”，确是出于“好意”。因为他们营商的人，大都以多数顾客的要求为要求，以多数顾客的好恶为好恶，他们自己对于照相根本没有什么要求，也没有什么好恶。故 × 君若有所愤怒，也不必对他们发，应该发在多数的顾客身上。因为多数顾客喜欢在镜头面前做娇态、装神气，因此养成了这样的照相店员。

我并不主张照相时应该板脸孔，也不一定嫌恶装笑脸的照相。但觉照相者强迫镜头前的人“带点笑容”，是可笑、可耻，又可悲的事。因此我不得不由此想象：现今的世间，像 × 君的人极少，而与 × 君性格相反的人极多。那么真如 × 君出照相馆时所说：“现今的世间，要进照相馆也不得不‘带点笑容’了！”

匆　匆

朱自清

你聪明的，告诉我，
我们的日子
为什么一去不复返呢？

燕子去了，有再来的时候；杨柳枯了，有再青的时候；桃花谢了，有再开的时候。但是，聪明的，你告诉我，我们的日子为什么一去不复返呢？——是有人偷了他们吧：那是谁？又藏在何处呢？是他们自己逃走了吧：现在又到了哪里呢？

我不知道他们给了我多少日子，但我的手确乎是渐渐空虚了。在默默里算着，八千多日子已经从我手中溜去，像针尖上一滴水滴在大海里，我的日子滴在时间的流里，没有声音，也没有影子。我不禁头涔涔而泪潸潸了。

去的尽管去了，来的尽管来着，去来的中间，又怎样地匆匆呢？

早上我起来的时候，小屋里射进两三方斜斜的太阳。太阳他有脚啊，轻轻悄悄地挪移了，我也茫茫然跟着旋转。于是——洗手的时候，日子从水盆里过去；吃饭的时候，日子从饭碗里过去；默默时，便从凝然的双眼前过去。我觉察他去得匆匆了，伸出手遮挽时，他又从遮挽着的手边过去；天黑时，我躺在床上，他便伶伶俐俐地从我身上跨过，从我脚边飞去了；等我睁开眼和太阳再见，这算又溜走了一日。我掩着面叹息，但是新来的日子的影儿又开始在叹息里闪过了。

在逃去如飞的日子里，在千门万户的世界里的我能做些什么呢？只有徘徊罢了，只有匆匆罢了。在八千多日的匆匆里，除徘徊外，又剩些什么呢？过去的日子如轻烟，被微风吹散了，如薄雾，被初阳蒸融了。我留着些什么痕迹呢？我何曾留着像游丝样的痕迹呢？我赤裸裸来到这世界，转眼间也将赤裸裸地回去吧？但不能平的，为什么偏要白白走这一遭啊？

你聪明的，告诉我，我们的日子为什么一去不复返呢？

抬头见喜

老舍

我朝窗坐着，看见了一轮明月，
我就吐了。
这回绝不是酒的作用，毛病是在月亮。

对于时节，我向来不特别地注意。拿清明说吧，上坟烧纸不必非我去不可，又搭着不常住在家乡，所以每逢看见柳枝发青便晓得快到了清明，或者是已经过去。对重阳也是这样，生平没在九月九登过高，于是重阳和清明一样地没有多大作用。

端阳，中秋，新年，三个大节可不能这么马虎过去。即使我故意躲着它们，账条是不会忘记了我的。也奇怪，一个无名之辈，到了三节会有许多人惦记着，不但来信，送账条，而且要找上门来！

设若故意躲着借款，着急，设计自杀等，而专讲三节的热闹有趣那一面儿，我似乎是最喜爱中秋。“似乎”，因为我实在不敢说准了。

幼年时，中秋是个很可喜的节，要不然我怎么还记得清清楚楚那些“兔儿爷”的样子呢？有“兔儿爷”玩，这个节必是过得十二分有劲。可是从另一方面说，至少有三次喝醉是在中秋；酒入愁肠呀！所以说“似乎”最喜爱中秋。

事真凑巧，这三次“非杨贵妃式”的醉酒我还都记得很清楚。那么，就说上一说呀。第一次是在北平，我正住在翊教寺一家公寓里。好友卢嵩庵从柳泉居运来一坛子“竹叶青”，又约来两位朋友——内中有一位是不会喝的——大家就抄起茶碗来。坛子虽大，架不住茶碗一个劲进攻；月亮还没上来，坛子已空。干什么去呢？打牌玩吧。各拿出铜圆百枚，约合大洋七角多，因这是古时候的事了。第一把牌将立起来，不晓得——至今还不晓得——我怎么上了床。牌必是没打成，因为我一睁眼已经红日东升了。

第二次是在天津，和朱荫棠在同福楼吃饭，各饮绿茵陈二两。吃完饭，到一家茶肆去品茗。我朝窗坐着，看见了一轮明月，我就吐了。这回绝不是酒的作用，毛病是在月亮。

第三次是在伦敦。那里的秋月是什么样子，我说不上来——也许根本没有月亮其物。中国工人俱乐部里有多人凑热闹，我和沈刚伯也去喝酒。我们俩喝了两瓶葡萄酒。酒是用葡萄还是葡萄叶儿酿的，不可得而知，反正价钱很便宜；我们俩自古至今总没做过财主。喝完，各自回寓所。一上公众汽车，我的脚忽然长了眼睛，专找别人的脚尖去踩。这回可不是月亮的毛病。

对于中秋，大致如此——无论如何也不能说它坏。就此打住。

至若端阳，似乎可有可无。粽子，不爱吃。城隍爷现在也不出巡；即使再出巡，大概也没有跟随着走几里路的兴趣。樱桃真是好东西，可惜被黑白桑葚给带累坏了。

新年最热闹，也最没劲，我对它老是冷淡的。自从一记事儿起，家中就似乎很穷。爆竹总是听别人放，我们自己是静寂无哗。记得最真的是家中一张《王羲之换鹅》图。每逢除夕，母亲必把它从个神秘的地方找出来，挂在堂屋里。姑母就给说那个故事；到如今还不十分明白这故事到底有什么意思，只觉得“王羲之”三个字倒很响亮好听。后来入学，读了《兰亭序》，我告诉先生，王羲之是在我的家里。

长大了些，记得有一年的除夕，大概是光绪三十年前的一二年，母亲在院中接神，雪已下了一尺多厚。高香烧起，雪片由漆黑的空中落下，落到火光的圈里，非常地白，紧接着飞到火苗的附近，舞出些金光，即行消灭；先下来的灭了，上面又紧跟着下来许多，像一把“太平花”倒放。我还记着这个。我也的确感觉到，那年的神仙一定是真由天上回到世间。

中学的时期是最忧郁的，四五个新年中只记得一个，最凄凉的一个。那是头一次改用阳历，旧历的除夕必须回学校去，不准请假。姑母刚死两个多月，她和我们同住了三十年的样子。她有时候很厉害，但大体上说，她很爱我。哥哥当差，不能回来。家中只剩母亲一人。我在四点多钟回到家中，母亲并没有把“王羲之”找出来。吃过晚饭，我不能不告诉母亲了——我还得回校。她愣了半天，没说什么。我慢慢地走出去，她跟着走到街门。摸着袋中的几个铜子，我不知道走了多少时候，才走到学校。路上必是很热闹，可是我并没看见，我似乎失了感觉。到了学校，学监先生正在学监室门口站着。

他先问我:“回来了?”我行了个礼。他点了点头,笑着叫了我一声:“你还回去吧。”这一笑,永远印在我心中。假如我将来死后能入天堂,我必把这一笑带给上帝去看。

我好像没走就又到了家,母亲正对着一支红烛坐着呢。她的泪不轻易落,她又慈善又刚强。见我回来了,她脸上有了笑容,拿出一个细草纸包儿来:“给你买的杂拌儿,刚才一忙,也忘了给你。”母子好像有千言万语,只是没精神说。早早地就睡了。母亲也没精神。

中学毕业以后,新年,除了为还债着急,似乎已和我不发生关系。我在哪里,除夕便由我照管着哪里。别人都回家去过年,我老是早早关上门,在床上听着爆竹响。平日我也好吃个嘴儿,到了新年反倒想不起弄点什么吃,连酒也不喝。在爆竹稍静了些的时节,我老看见些过去的苦境。可是我既不落泪,也不狂歌,我只静静地躺着。躺着躺着,多盏烛光在壁上幻出一个“抬头见喜”,那就快睡去了。

叁

第三章 心中的风雨来了，我只躲到你的怀里

读懂

上一代人残缺

又丰富的人生，

才是下一代人

最基础的课程。

老海棠树

史铁生

奶奶，和一棵老海棠树，在我的记忆里不能分开；
好像她们从来就在一起，
奶奶一生一世都在那棵老海棠树的影子里张望。

如果可能，如果有一块空地，不论窗前屋后，要是能随我的心愿种点什么，我就种两棵树。一棵合欢，纪念母亲。一棵海棠，纪念我的奶奶。

奶奶，和一棵老海棠树，在我的记忆里不能分开；好像她们从来就在一起，奶奶一生一世都在那棵老海棠树的影子里张望。

老海棠树近房高的地方，有两条粗壮的枝丫，弯曲如一把躺椅，小时候我常爬上去，一天一天地就在那儿玩。奶奶在树下喊："下来，下来吧，你就这么一天到晚待在上头不下来了？"是的，我在那儿看小人儿书，用弹弓向四处射击，甚至在那儿写作业，书包挂在房檐上。“饭也在上头吃吗？”对，在上头吃。奶奶把盛好的饭菜举过头顶，我两腿攀紧树丫，一个海底捞月把碗筷接上来。“觉呢，也在上头睡？”没错。四周是花香，是蜂鸣，春风拂面，是沾衣不染的海棠花雨。奶奶站在地上，站在屋前，老海棠树下，望着我；她必是羡慕，猜我在上头是什么感觉，都能看见什么？

但她只是望着我吗？她常独自呆愣，目光渐渐迷茫，渐渐空荒，透过老海棠树浓密的枝叶，不知所望。

春天，老海棠树摇动满树繁花，摇落一地雪似的花瓣。我记得奶奶坐在树下糊纸袋，不时地冲我唠叨：“就不说下来帮帮我？你那小手儿糊得多快！”我在树上东一句西一句地唱歌。奶奶又说：“我求过你吗？这回活儿紧！”我说：“我爸我妈根本就不想让您糊那破玩意儿，是您自己非要这么累！”奶奶于是不再吭声，直起腰，喘口气，这当儿就又呆呆地张望——从粉白的花间，一直到无限的天空。

或者夏天，老海棠树枝繁叶茂，奶奶坐在树下的浓荫里，又不知从哪儿找来了补花的活儿，戴着老花镜，埋头于床单或被罩，一针一线地缝。天色暗下来时她冲我喊：“你就不能劳驾去洗洗菜？没见我忙不过来吗？”我跳下树，洗菜，胡乱一洗了事。奶奶生气了：“你们上班上学，就是这么糊弄？”奶奶把手里的活儿推开，一边重新洗菜一边说：“我就一辈子得给你们做饭？就不能有我自己的工作？”这回是我不再吭声。奶奶洗好菜，重新捡起针线，从老花镜上缘抬起目光，又会有一阵子愣愣地张望。

有年秋天，老海棠树照旧果实累累，落叶纷纷。早晨，天还昏暗，奶奶就起来去扫院子，“唰啦——唰啦——”院子里的人都还在梦中。那时我大些了，正在插队，从陕北回来看她。那时奶奶一个人在北京，爸和妈都去了干校。那时奶奶已经腰弯背驼。“唰啦唰啦”的声音把我惊醒，赶紧跑出去：“您歇着吧，我来，保证用不了三分钟。”可这回奶奶不要我帮。“咳，你呀！你还不懂吗？我得劳动。”我说：“可谁能看得见？”奶奶说：“不能那样，人家看不看得见是人家的事，我得自觉。”她扫完了院子又去扫街。“我跟您一块儿扫行不？”“不行。”

这样我才明白，曾经她为什么执意要糊纸袋，要补花，不让自己闲着。有爸和妈养活她，她不是为挣钱，她为的是劳动。她的成分随了爷爷算地主。虽然我那个地主爷爷三十几岁就一命归天，是奶奶自己带着三个儿子苦熬过几十年，但人家说什么？人家说：“可你还是吃了那么多年的剥削饭！”这话让她无地自容。这话让她独自愁叹。这话让她几十年的苦熬忽然间变成屈辱。她要补偿这罪孽。她要用行动证明。证明什么呢？她想着她未必不能有一天自食其力。奶奶的心思我有点懂了：什么时候她才能像爸和妈那样，有一份名正言顺的工作呢？大概这就是她的张望吧，就是那老海棠树下屡屡的迷茫与空荒。不过，这张望或许还要更远大些——她说过：得跟上时代。

所以冬天，所有的冬天，在我的记忆里，几乎每一个冬天的晚上，奶奶都在灯下学习。窗外，风中，老海棠树枯干的枝条敲打着屋檐，摩擦着窗棂。奶奶曾经读一本《扫盲识字课本》，再后是一字一句地念报纸上的头版新闻。在《奶奶的星星》里我写过：她学《国歌》一课时，把“吼声”念成“孔声”。我写过我最不能原谅自己的一件事：奶奶举着一张报纸，小心地凑到我跟前：“这一段，你给我说说，到底什么意思？”我看也不看地就回答：“您学那玩意儿有用吗？您以为把那些东西看懂，您就真能摘掉什么帽子？”奶奶立刻不语，唯低头盯着那张报纸，半天半天目光都不移动。我的心一下子收紧，但知已无法弥补。“奶奶。”“奶奶！”“奶奶——”我记得她终于抬起头时，眼里竟全是惭愧，毫无对我的责备。

但在我的印象里，奶奶的目光慢慢离开那张报纸，离开灯光，离开我，在窗上老海棠树的影子那儿停留一下，继续离开，离开一切声响甚至一切有形，飘进黑夜，飘过星光，飘向无可慰藉的迷茫与空荒……而在我的梦里，我的祈祷中，老海棠树也便随之轰然飘去，跟随着奶奶，陪伴着她，围拢着她；奶奶坐在满树的繁花中，满地的浓荫里，张望复张望，或不断地要我给她说说：“这一段到底是什么意思？”——这形象，逐年地定格成我的思念和我永生的痛悔。

不曾远游的母亲

陈年喜

生活像一口锅，
她一直在锅底的部分打转。
锅外的世界不知道她，她也不知道锅外的世界。

一

母亲是上河人。

所谓上河，就是峡河的上游。七十里长的峡河，在本地人的习惯里，常被分为三段，上段二十里，称上河，中段三十里，下段二十里，统称下河。各段人们的生活和语言习惯稍有差别。上段，相当于黄河源头的青海，苦焦、偏僻、荒凉。母亲出生的地方叫三岔，三条河在这里交汇，这儿是上段的上段，翻过后面的西街岭，就是河南地界了。那时两边的孩子经常在一块儿放牛，牛吃饱了草，也有些迷糊，需要不同的语言指令来驱赶。虽然两边孩子们都是河南话，但还是稍有差别，牛比人分得清楚，也有走错了家门的，那只能等着挨揍了。母亲十七岁嫁到峡河中段的塬上，父亲家给的彩礼是两斗苞谷。那是爷爷用麻绳套来的一只白狐，然后从河南贩子手上换来的，相较而言，河南那时候吃得比峡河宽裕。河南的阳光足，地块大，产出的苞谷颗粒饱而硬，顶磨子，外公在石磨上推了三道才碾碎。那二斗苞谷，他们一家吃了三个多月。当然，这些都是母亲告诉我的。

紧挨着峡河东面的地方叫官坡镇，那是峡河人赶集的地方，虽然它属于河南卢氏县，在行政上与峡河没半点关系，但峡河人口少，没有街市，也没有集，生活日用、五谷六畜要到官坡集上买卖。虽然后来峡河有了供销社，大家还是喜欢赶官坡的集。担一担柴，或背一块床板，能换一堆东西。母亲喜欢赶集。官坡镇，是母亲少女和青年时代走得最远的地方。

母亲最后一次去官坡，我十九岁。此去是为我占卜命运。那一年，她四十一。记得此后，她再没出过省。高中毕业后，我在家无事可干。家里有一群牛，有时五头，有时六头，因为有小牛每年生出来，壮年牛常常卖掉换钱用。我在家负责放它们。与农田里的活儿相比，放牛是最轻松的活儿，有种说法："三年牛倌，知县不换。"说的是放牛的自由、散漫。家里让我放牛，也有对命运不认的成分，放牛有大量的时间，可以在山上读一些书，想一些事情。那几年，牛在山上吃草，我在山上读了很多书，马克思的《资本论》就是那阵子读完的。放了一年多，牛们没壮也没瘦，原模原样，我却越发显得没了志气，显出傻来。母亲对父亲说：“这不行，难道真是一辈子放牛的命？”她带了二斤白糖、两包点心、十元钱，去官坡找张瞎子。我没见过张瞎子，却不能不知道张瞎子，据说他通天晓地，本事了得。传得最远的一个故事是，有一个人恶作剧，把家里一头牛的八字报给张瞎子测。张瞎子排了八字，不慌不忙地说：“此人命里富贵，一生有田耕，不愁吃喝，八岁而亡。”那头牛真的只活了八年。三天后，母亲回来了，对父亲说：“娃没事，四十岁上能出头。”

二

一九八七年，峡河大水。

那是一场史无前例的大水。那一场大雨，整整下了三天三夜，河里与河岸上的石头、树木、庄稼悉数被摧枯拉朽，一同被卷走的还有牛、羊、猪、人。大水过后，峡河下游的武关大桥，因严重损坏，不得不废弃重建。这座大桥建造于一九三〇年，曾抵挡过无数风雨与炮火。日本人打到西峡那年，为阻挡日本人由此入西安，国民党工兵的炸药包对它也无可奈何。大雨过后，峡河水还没消，妹妹病了，中耳炎引发的乳突炎。那时峡河还没有撤并，还叫峡河乡，有卫生院。妹妹在卫生院里打了六天吊瓶，病越来越重。去县医院，无异于登天，不仅路途遥远，主要是没钱。我们兄弟几个正上高中初中，每星期每人只有一袋干粮。街上小饭店的面叶子两毛钱一碗，我们从没吃过。本来是不要命的病，却要了妹妹的命，那一年，她十二岁。我从中学赶回来时，父亲和母亲都近于神志错乱。也从那时候开始，母亲开始哭，白天哭，晚上哭，哭了十年，哭坏了眼睛。这十年，她去得最勤和最远的地方，是妹妹的坟头。这个远，是说来来回回的路程，单程算，不过数百米，加起来，怕有千里之程。

村里有一对兄弟，两人都三十出头了，都没有媳妇。这兄弟俩也是可怜，早早没了父母，也没什么家门，孤零零的。但两人都会乐器家什，老大长于笙，老二长于二胡。没事的时候，两人在院子里动起家什来，路过的人以为这家有什么事，请来了戏班子。

老大会许多乐器，但嗓子不行，唱不了，老二能唱，他们唱的不是秦腔，也不是豫剧，是京剧。老二最拿手的是《空城计》：

> 我正在城楼观山景，
> 耳听得城外乱纷纷。
> 旌旗招展空翻影，
> 却原来是司马发来的兵。
> …………

这些年，城外确实乱纷纷，那是生活的兵马。他们俩却不是诸葛亮，无力退兵。

母亲总是看不过，要为他们说亲。

这一年，峡河下段死了个人。那人三十多岁，正年轻，骑摩托车出事了，本来出事的不是他，出事的是别人，他把人撞了。他骑车跑了一段，估计被撞的人活不成了，他就冲着路边的悬崖加了一把油。

那人留下了一个女人和一个女儿。女人是个哑巴，挺漂亮。孤儿寡母，没有人照顾。

自然是从老大头上解决困难。母亲说:“你也别吹笙了，跟我去相亲。”

这一跑，跑了四五十趟，也就是一年。老大骑一辆自行车，驮着母亲，风里雨里，都在提亲路上。这亲事到底成了，后来老大与那哑巴女人又生了个小子。他还是喜欢吹笙，这时候，吹得最多的是《百鸟朝凤》。

母亲此前没有坐过车。她说那自行车下坡时，像起风了。

那一年，母亲开始白发满头，那是岁月的力量。生活像一口锅，她一直在锅底的部分打转。锅外的世界不知道她，她也不知道锅外的世界。锅有时是冷的，有时是热的，只有锅里的人，冷热自知。

三

一九九九年始，我开始上矿山，天南海北，漠野长风，像一只鸟，踪影无定。有些时候，一年和母亲见一两次面，有时终年漂荡，一年也见不着一次，甚至有时忘了她的样子，但一直记得她说的张瞎子说的话。

一转眼，我四十岁了。

四十岁那年，我在萨尔托海，百里无人烟，只有戈壁茫茫。放牛放羊的哈萨克族人，有时放丢了牲口，骑着马或摩托车呼啸而来，或呼啸而过。

这里是一座金矿，规模不大也不小，有三口竖井，百十号工人。我是这百十号人里的一员，像一只土拨鼠，每天地上地下来回。

母亲知道我在世上，但不知道我在哪条路上。我经常换手机号码，她也许记得我的号码，但没什么用，这里不通信号。母亲的床头是一片白石灰墙，上面用铅笔记满了儿子们的电话号码，哪一个打不通了、作废了，就打一个叉，新号码再添上去。这些号码组成了一幅动态地图，她像将军俯瞰作战沙盘，因此懂得了山川万里、风物人烟，仿佛她一个人到了四个儿子所到过的所有地方。

这一年，发生了一件事，我一直没有对她讲过，当然也没有对任何人讲过。母亲的地图虽详细，这样的情节也不可能显现。

这一年，我得了病——颈椎病。最显著的症状是双手无力，后来发展到双腿也没了力气，如果跑得快点儿，会自己摔倒。我后来知道是椎管变细，神经受压。

我的工作搭档是一个老头，别人叫他老黄，那时已经六十岁了，模样比六十岁还要老，掉光了牙齿，秃头上围一圈白发，又高又瘦。他年轻时在国营矿上干过爆破。他不是退休了，是下岗了，因为老了。

那一天，我清晰地记得是九月初。胡天八月乱飞雪，萨尔托海倒是没有飞雪，但空气比飞雪还冷，戈壁滩上的骆驼草已经干枯了，一丛一丛的，风吹草动，仿佛蹲着一些人在那里抽烟，那烟就是一股股风吹起来的黄尘。

我和老黄穿成了稻草人，因为井下更冷，风钻吐出的气流能透人的骨头。这一天，我们打了八十个孔，就是八十个炮。老板很少下井，但他会听炮声，一边打着牌，一边数炮。

进出的通道是一口竖井，原来用作通风的天井，八九十度，仅容一人转身。竖井里一条大绳，十架铁梯子。打完了炮孔，装好了炸药，我说：“黄师傅，你先上，我点炮。”那时用的还是需要人工点燃的导火索。每次都是老黄先撤，我点炮，毕竟我年轻一些。

点完了八十个导火索头，我跑到采区尽头，抓住绳头往上攀，可任我用尽了所有力气往上爬，怎么也够不着梯子。脚和手仿佛不是自己的。导火索刺刺冒着白烟，它们一部分就在我的脚下，整个采场仿佛云海，我知道它们中的一部分马上要炸响了。

这时候，我看到地上有一根折断的钎杆，它插在乱石堆里，同时，我也看见绳头下的岩壁上有一个钻孔，那是爆破不彻底留下的残物。我快速抓起钎杆，插进残孔，爬了上来。刚到天井口，炮在下面接二连三炸开来。

我对母亲讲过无数矿山故事，我的语气、神采带她到过重重山迢迢路，但这一截路程只属于我一个人。

四十五岁，我因为一场颈椎手术，离开了矿山，开始另一种同样没有尽头的生活。比她跑七十里路，测卦来的“出头”之日，晚了五年。

四

我有一个非常奇怪的心理：凡是我认为的好兆头，在没有兑现成事实之前，总是小心翼翼，不敢告诉别人，不敢泄露半点儿秘密。比如晚上做了个梦，梦见大火烧身，按周公解梦，将有喜事发生，几天里，都被这个梦煎熬着，又总是在心里深深地藏掖着，生怕别人知道了，喜事就化为乌有了。比如接到编辑电话，告诉某某组诗拟于某期刊发，在文字见刊之前，从不敢把喜悦分享于人。一个命运失败太久的人，仿佛任何一个细小的失望都会成为压上命运的又一根稻草。

母亲是二〇一三年春天查出食管癌的，医生说已是晚期。在河南西峡县人民医院，经过两次化疗，身体不堪其苦，实在进行不下去，就回老家休养了。如今，已是七个春秋过去，她依旧安然地活着，不但生活自理，还能下田里种些蔬菜瓜果，去坡边揽柴扒草。其间还就着昏沉的灯泡给我们兄弟纳了一沓红花绿草的鞋垫。而当时一同住院的病友，坟头茅草已经几度枯荣了。这样于她于家的好事，我怕让人知道，怕提醒了疾病，它再找上门来。商洛现在已经非常有名了，但我的老家峡河现在出门，依然大多数时候要靠摩托车助行。雨天泥水，晴天暴尘，曲里拐弯，涉水跨壑，十几年里我已骑坏了两辆车。在家乡，你到哪家的杂物间里，都有一两辆坏掉的摩托车，而街上的摩托车销售部里，以旧换新积攒的破车子，简直要堆成了山丘。

山外的世界早已是穷尽人间词语都无力形容了，而母亲的一生是与这些世界无缘的，她一辈子走得最远的地方是河南西峡县城。那是二〇一三年四月，她接受命运生死抉择的唯一一次远行。西峡县城不大，比起中国任何一个城市，都不算什么，但与峡河这弹丸之地相比，已是非凡世界。那一天，医院做了初检，等待结果办理住院。我和弟弟带她逛西峡街市，当时她已极度虚弱，走半条街，就要找个台阶坐下歇一会儿。她似乎忘记了自己的病，满眼都是惊喜，用家乡的话不停问这问那。对于她六十余年的生命来说，这满眼的一切是那样新鲜。当行到灌河边，滔滔大河在县城边上因地势平坦显得无限平静、温顺。初夏的下午，人声如市，草木风流。虽说家乡也有河水，也年年有几次满河的旺水季，但比起这条汪洋大河，实在乏味得可怜。那一刻，母亲显示出孩童的欣喜，也许在她的心里，也曾有各式各样的梦，也曾被这些梦引诱着抵达过高山大海、马车奔跑的天边，因生活和命运的囿困，只能渐渐泯灭了。那一刻，我看见一条大水推开了向她四合的暮色，河岸的白玉兰，带她回到少女时代的山坡，那里蝉声如同鞭子，驱赶着季节跑向另一座山头……那一刻，我有欣慰，也有满心的惭愧。

外面漂泊的十几年里，每一次回来，和母亲唠家常时，她都要问一问我到过的地方怎么样，有啥样的山，啥样的水，啥样的人，啥样衣饰穿戴？我用手机传回的照片，她一直保留在短消息里，以至于占用空间太大，老旧的手机总是卡死。一直以来对她的这些问询、这些举止，都不以为意，以为只是关切我在外的生活。现在想起来，她这是借我的眼睛、腿脚和口舌，在完成一次次远游。

如今，母亲已经七十岁了，一辈子的烟熏火燎、风摧霜打，她的眼睛视物已极度模糊。慢慢地，人世间的桃红柳绿、纷纷扰扰，她将再也看不到了。即使我有力带她出去走走，她身体的一切也已无能为力。

所谓母子一场，不过是她为你打开生命和前程，你揭开她身后沉默的黄土。

父亲这辈子

陈年喜

父亲像一只衰老的蚂蚁，
爬行在另一条路上。
我们眼看着他越走越远，无能为力。

一

父亲是塬上唯一的木匠。在他生命的最后十年，唯一接到的活儿，是给人打棺材。

塬上是个小到不能再小的村子，这个小，主要说的是人口。记得通点风水的大伯有一年对我说，塬上这地方半坡半平的，不聚气，人口不敢超过六十，过六十，就有灾，待死过几个人，灾就过去了。开始不信，后来细数人丁往事，还真是的。这些年，死了走了多少人啊。

从我记事起，人口好像真的没有过六十的限。

塬上虽然小，却是个能人辈出的地方。张铁匠、李篾匠、刘瓦匠、景蛮匠……每家男人，都有点手艺，最不济的，也能给人打个土砖。土砖一块五六十斤，一天打一百多块，一块块码起来，长城似的，需要一身蛮力气，这就是蛮匠。现在想来，人人习艺，这和今天的千军万马上大学如出一辙，本事才是生存的第一法门。

最风光的要数木匠。要是木匠干活儿不收钱，那就是以工换工，规矩是一换三，就是他干一天木工活儿，你得给他锄三天地。但木匠手艺没深浅，十年学徒不成艺的，大有人在。父亲属于无师自通的那种，听奶奶说过，父亲还很小的时候，家里请木匠打柜子，他天天围着木匠师傅转，人家吸袋烟的工夫，他就把家什捞在了手里。有天夜里，院里叮叮当当彻夜不息，人们早晨起来，发现多了一只崭新的板凳。那是父亲一夜没睡，偷了师傅的工具，抢了板材，一夜打成的。那一年，他十三岁。

乡下有两种手艺最相似，一个是木匠，一个是游医。人吃五谷杂粮，生百样病症，医艺单纯了可不行，得样样下得了手。木匠也一样，没有谁家嫁个姑娘，同时请三五个木匠师傅来打嫁妆的。不同的活路要求，把人逼出了十八般手艺。有了十八般手艺，才能踩得动百家门头。

父亲是位有德行的木匠。他的同行侯师傅讲过一个故事，有一年一家人盖房子，几个木匠负责木工活儿，父亲是木工头。他和别人不同的地方是会设计绘图，一张报纸上画出房形，梁多长，檩多长，前坡多少度，后坡多少度，配多高的山墙、多高的檐墙才漂亮，一目了然。主人家做饭的是位老婆婆，七十多岁了，大约眼神不好使，有一天端出的菜里有只毛毛虫，别人都不往里伸筷子，只有父亲一口一口吃得有味，饭后大家问：“你没看见一只虫子吗？”父亲说：“早看见了。”

父亲十六岁独立干活儿，到死那年，行艺整整五十七年。这是个十分可怕的时长。连峡河的水都流得累了，都懒得流了，如今只剩下碗口粗的一股，只有下过一场暴雨，才活过来一回。

再精湛的手艺，也有过气的时候，艺不过气时过气，人所谓时也势也，犟也犟不过。娶媳嫁女乔迁新家，家具店里品类齐全又便宜，连房子也已经没人再盖了。死前的十年，父亲已基本无活儿可干了。要说有活儿，那就是给人打棺材。

二

没有棺材打的时候，父亲经常站在村口，送村子里的吉普车走远，直到看着它飘飘忽忽变成一只鸟，一个小黑点。

那几年，因为西秦岭黄金矿产的开发，很多人开始越过洛河，去河南省灵宝市朱阳镇干活儿。朱阳离我老家并不远，虽然是两个省，就只隔着一道洛河。洛河宽广，把它们隔成了黄河流域和长江流域。朱阳河的水混着一座座选矿厂的浑稠尾渣汇入黄河，峡河水载着山雨落叶奔向长江。

近水楼台，村里人一直有在矿山做工的传统。本乡的峡河云母矿从一九七七年就开始开采，它先期教会了人们许多后来的课程。

朝海和大牙第一次去朱阳王峪金矿打工的时候，父亲也在，他是看着这些孩子长大的。

朝海二十九岁，大牙三十九岁。朝海家离我家最近，说起来，是我表姐夫。大牙是我同学，一条板凳一年级坐到六年级。他学习成绩不怎么样，特别能起早，冬天提一只红红的大火盆，整个教室因此而温暖。在山西二峰山铁矿时他曾随我学艺，算我半个徒弟。

朝海虽然快三十岁了，但从来没有出过远门，和老婆分手那一刻就像生离死别一样。旁边的大牙差点儿笑掉了镶金的门牙："乖乖，又不是不回来了，要不，把她吞下肚算了。"

朝海把行李卷放进车的后备厢里，把媳妇煮的一袋鸡蛋抱在怀里，钻进了大屁股吉普车。车上已经挤了十几个人，都是近乡同村的小伙子，有在矿上干了多年的老工人，也有像朝海一样的新手。大牙砰的一声把车门关上，又用脚踹了两下，确认已经关死，才放下心。他把驾驶副座的车玻璃摇下来，立即一股热气冒了出来。他轰一声发动了车子。

父亲看着，已经忘记了这是第几次送年轻人离开村子了，但他记得这些年，多少人离开，多少人回来。这会儿，父亲心里的滋味只有我最明白，因为这些年，他也是这样送我的。

过了几天，我离家去天水。父亲洗了手脸，在祖先牌位前燃一炷香一阵咕哝，有时送过竹园，有时送到二道弯。他总是走在前面，仿佛是我在送他。他问，啥时候回来？我说，不知道。走一段他又说，不干这个不行？我说，不行，不会别的。

的确，不是没有想过改行，想改，需要多少年的铺垫？女怕嫁错郎，男怕入错行，知道错了，也得走到底。这些年里，亲眼见过了多少生死？不是不怕，是怕也没用。

最后，他说，钱是小事，命是大事。我说，是。

从山下的乡公路到村里是一段坡路，是一九九〇年时村委会组织群众开云母矿修的简易公路，当年也曾无限繁忙风光，如今杂草丛生、垮垮塌塌，不少路段已经无法通过一辆三轮车了。

我从这条路走，又从这条路回。等我从天水回来时，拉着大牙和朝海尸骨的依维柯也到了。

大牙和朝海死于矿难。至于他们的死因，至今依然是一个未解之谜。去矿上谈判赔偿的人还在艰难谈判中，但人总得入土为安，趁着风高夜黑，先把尸骨拉回来再说。大牙和朝海被白布一层一层像裹粽子一样裹得严严实实，只能从个头儿的长短分辨谁是谁了。

一切都茫无头绪，棺材的事自然落在了父亲肩上，好在山上的树有的是。父亲指挥年轻人放树、解板、打棺材。这样的事，已经不是第一次了。父亲打一副，埋掉一副，打得总是没有埋得快。棺里，装着老人也盛着青年。

父亲已经不能完全挥动工具了，但还有清醒的头脑和足够的耐心。两天后，棺材打出来了，一大一小，因人而制，摆放在一起，像一双崭新的鞋子。女人们看着它们，又哭成了一片。父亲退到了一边，默默点起烟卷。

那天天上正飘着雪花，地上、远山都还没有存住，只有一些没掉落的橡树叶上落着一片两片，后一片刚到，前一片就化了。

三

这些年，城镇化快速发展，年轻人进城、进厂、进矿，村子的人也少了，因此父亲连棺材也不用打了。他像一位无人问津的过气明星，干了许多事，又似乎什么也没干，如同一个影子。

那几年，我在另一座矿山打工，在一个叫马鬃山的北陲边地，我接到初中侄儿打来的电话，说父亲天天在东梁上打石头，背石头，吃饭都喊不回去，让我劝一劝他。

我打电话过去，问父亲在山上干什么。他说："盖庙啊，娘娘庙都毁多少年了，人烟没个庙护着怎么行？"我听了一愣，一时无话可说。

东梁是整个村子唯一的制高点。山顶上，有一棵大树，已经老得认不清是橡树还是青杠。几年前的某一天，大树轰然倒掉了，村子里的人听到一声巨响。巨大的一堆柴火足有上万斤，没有一个人敢去背回家里烧火，看着它一天天沤掉。树老成精，何况它脚下曾经有过一座庙。

东梁上没有水，砌墙需要泥浆做黏合，土倒是现成的，脚底下就是。石料已经足够了，父亲一钻一锤，把它们打理得有棱有角。

父亲打庙基的大半年里，恰是我最劳碌紧张的时候。我无力也没有时间帮到父亲，亲人们也无力顾及。其实，所说的无力顾及，也就是无声的反对。父亲像一只衰老的蚂蚁，爬行在另一条路上。我们眼看着他越走越远，无能为力。

我唯一帮过他一次，就是用两只塑料桶从沟里往梁上担水和泥。时序正是四月，草木无限，乱花灼灼。梁下的村子了无生气，似乎在和这个季节反着方向走。有新房子建起来，更多的房屋在塌陷，在空置。出村的摩托车在盘盘绕绕的山路上，像梦一样既真实又虚无。

我担水和泥，父亲专职砌石头，石头在他手里，像魔方一样，跳跳转转。泥浆干得慢，不能砌太急，我们坐下来吃干粮。其实离家并不算远，完全可以回家吃饭的，但这样更简单省时些。吃完了三张卷饼，我去树林里方便，一缕颤巍巍的旋律从庙台基上飘起来：

一张桌子四四方，

张郎截来鲁班装。

四角镶嵌云燕子，

中间燃起一缕香。

玉帝差我进歌场啊！

…………

那是父亲最拿手的一曲孝歌。传了一代又一代人的孝歌从哪里来，有人说源自湖北，有人说源自安徽，谁也说不清。唱婚丧嫁娶，忠善悲欣，古今风流，一年一年围着亡人的棺材唱。悲怆悠长的调门在风中传远，打了一溜旋儿，消失了。

二〇一〇年春天，娘娘庙的墙基终于打好了，四米见方，正好可以安放下一个小小神龛，一只供桌，几条供香客休息的长凳。一个给人画了一辈子房屋图纸，打了一辈子屋梁房架的人，这样的设计施工实在是小菜一碟。可父亲实在是老了。翌年春节到来的前几天，他大病一场，血压高到了一百八，高烧不退，挣扎着过了春节，从床上起来后，一条腿就不听话了。医生说，是脑梗了，要自己锻炼，也许还有恢复的希望。

父亲个子不高，却是村里的大力王，年轻时给生产队里往县粮站缴公粮，一百里路程，能挑二百斤当天打来回。脑梗后，虽然后来有些恢复，却再也没有了力气，多少拿点儿东西，手就打哆嗦。看着遥遥无期的造庙工程，他的头发更加白了，那毕竟是他生命中最后的余响。

四

二〇一三年四月二十三日是父亲的七十岁生日。他的娘娘庙工程马上就要完成了，他真高兴啊。他对我母亲说："你看，娘娘真是有灵呢，好几年了吧，咱村子多平安呀！孩子们每年都顺顺当当地挣回好多钱，孙子也考上大学了，塬上运势要回来了！"

那天，父亲再一次给我讲述家人迁来塬上的事。

那是一九五五年酷夏，爷爷带着奶奶、大伯、姑姑、我十二岁的父亲，牵着唯一的家当——一头黑色的牯牛，从桃坪乌龟岭，汗流浃背地来到塬上。塬上这时只有一户居民，老两口，无儿无女。老两口别提多高兴了：再没人来，这里就要绝人迹了。

塬上分为前塬、中塬、后塬，形成三级高山台地，每个台地都有三十亩以上面积，树木乱草都长疯了。这么好的地方能养活多少人啊！父亲他们死心塌地住下来了，占据了面积最大的中塬。后来，刘姓来了，张姓来了，景姓来了……父亲的一双眼睛，看着土地家园，由一到百，又由盛到衰。

那天，讲过故事，吃过母亲打了荷包蛋的一大碗长面，父亲收拾泥铲，准备去东梁。庙的主梁已经架好，毡也铺上了，今天的活儿是抹泥，抹了泥，洒了瓦，就算彻底成功了。天气预报说这几天有大雨，昨天回来时，虽然盖上了彩条雨布，四角压了石头，他还是不放心。娘娘大概也等得急了，不能再拖了。

脚刚要跨出门槛，一声炸雷从天上劈下来。开始的时候，谁也没听到声音，只感到一个东西从房瓦上滚下来，它滚得很慢，仿佛巨大无比也沉重无比，而房坡平了些，那东西滚动得有些吃力。待到了檐口，没了阻力，砰的一声坠落下来，在下落的过程里，伞一样，突然打开了，释放出千道光亮。

紧接着，大雨哗地泼下来了。雨挟着风，不眨眼地下满了整个中午。门前的老核桃树咔的一声被风折成了两段，指头大的青桃冰雹一样泼下来，在地上跳啊跳。

其实，已经不用再去梁上看了，父亲还是上了东梁。

只一眼，父亲就像泥浆一样从梁上滑了下来。

五

娘娘庙被冲垮后不久的一天，我喊父亲吃早饭，推开门，他还睡在床上。他说:“我恐怕再也站不起来了。”那晚上，他犯了病，但已没有了力气喊人帮助。脑梗的最佳抢救时间是八小时内，父亲错过了时间，从此只能依靠拐杖行动。

此后，父亲再也不用去修娘娘庙了，或者说，再也无法去了。

这之后，父亲严重的心梗加脑梗，又犯了无数次，每次经过全家的努力都挺了过来，但他的生命也越来越衰弱。父亲安慰大家说："没啥大不了的事，我们家族就没活过七十的人，我还能挣扎几年？"这一年，他七十一岁。也的确，爷爷六十九岁走的，大伯六十八岁离开。一个二百年前从安庆逃荒而来的家族，由大米改食玉米、土豆，由四季如春到承受猛烈的酷日和北风，机体适应的代价是生命的缩短。这是一个可以作为医学课题研究的生命嬗变。

二〇一五年六月二十日，我和弟弟雇车把父亲送到了县医院，做最后挽救。没有人知道，此时距他的离开仅有六天。其时他已丧失吞咽功能。在医院，他被插上了胃管，接受鼻饲。在医院三天，父亲一日沉重一日，所有的药物在他身上效果为负。主治的医生说，还是快回家吧，再不回就没有时间了。

上车时，我想起来，三年前的某天，我用摩托车载着他沿丹江慢骑一圈，让他看看日益变化的县城和山外的生活。那天，带他来医院做脑 CT，一切顺利，早早拿到了片子。而今天，已经没有慢行江城的意义了。

丹峦路，蜿蜒曲折百余里，奔走过多少时间的车马。三四十年前，尚没有公路，一条毛草小路连通南北。父亲每月三次担着一百多斤的供销社的担子，把乡供销社的山货送出去，把外面的新鲜物挑回来，一日完成往返任务。那时候谓之"挑脚"，是必须完成的义务工。他给我讲过许多路途的故事。父亲这一辈人，用肩膀担起过一方民生所需，一根扁担连通过一个时代物质与生活的传递。读懂上一代人残缺又丰富的人生，才是下一代人最基础的课程。

那天晚上，有一个细节，只有我注意到了。车到四十三公里碑处，父亲从昏厥中醒了，他挥了挥手，示意车停下。河对面的山畔上有一座天然石人，栩栩如生。这是父亲给我讲过的地方，当年的小路从石像下经过，年轻的他们曾在这里歇息、打尖。这一刻，他一定感应到了什么，到底是什么呢？

二〇一五年六月二十六日，父亲走完了他在这个世界摇摆如风中草棵的一生。前一天，弟弟为他最后一次理了发。白发如雪纷落，掩盖了此后我所有的星辰。

六

二〇一六年冬天，在北京金盏乡皮村，在四处漏风的员工宿舍，我在一张木板床上，写下了一首给父亲的诗：

身下是平整的木板
头顶上方也是
它们让我又一次
嗅到了你的气息
淡淡悠长的松油味
父亲，我们已远
像戌时到辰时
中间隔着漫漫长夜
而一块木板打通阴阳

这里是北京

你一辈子向往的皇城

这里是皮村

其实你来过并且生活了一生

这里的人都是拆洗日子的人

人间日月，因为这样的劳动常新、弥久

我们都是赌命的人

不同的是

你选择了木头，而我

选择了更坚硬的石头

你雪一样的刨花和锯末

我铁一样的石块和尘屑

铺在各自的路上是那样分明

这一年你住在山上

而我几乎走遍千山万水

其实人的奔波不过是

黑发追赶白发的过程

我们想想

有什么不是为了活着呢

作为生者，奔跑在微小的事物中间

努力而认真

背　　影

朱自清

他望车外看了看，
说：“我买几个橘子去。
你就在此地，不要走动。”

我与父亲不相见已二年余了，我最不能忘记的是他的背影。

那年冬天，祖母死了，父亲的差使也交卸了，正是祸不单行的日子。我从北京到徐州，打算跟着父亲奔丧回家。到徐州见着父亲，看见满院狼藉的东西，又想起祖母，不禁簌簌地流下眼泪。父亲说：“事已如此，不必难过，好在天无绝人之路！”

回家变卖典质，父亲还了亏空；又借钱办了丧事。这些日子，家中光景很是惨淡，一半为了丧事，一半为了父亲赋闲。丧事完毕，父亲要到南京谋事，我也要回北京念书，我们便同行。

到南京时，有朋友约去游逛，勾留了一日；第二日上午便须渡江到浦口，下午上车北去。父亲因为事忙，本已说定不送我，叫旅馆里一个熟识的茶房陪我同去。他再三嘱咐茶房，甚是仔细。但他终于不放心，怕茶房不妥帖；颇踌躇了一会儿。其实我那年已二十岁，北京已来往过两三次，是没有什么要紧的了。他踌躇了一会儿，终于决定还是自己送我去。我两三回劝他不必去；他只说："不要紧，他们去不好！"

我们过了江，进了车站。我买票，他忙着照看行李。行李太多了，得向脚夫行些小费，才可过去。他便又忙着和他们讲价钱。我那时真是聪明过分，总觉他说话不大漂亮，非自己插嘴不可，但他终于讲定了价钱；就送我上车。他给我拣定了靠车门的一张椅子；我将他给我做的紫毛大衣铺好座位。他嘱我路上小心，夜里警醒些，不要受凉。又嘱托茶房好好照应我。我心里暗笑他的迂；他们只认得钱，托他们直是白托！而且我这样大年纪的人，难道还不能料理自己吗？唉，我现在想想，那时真是太聪明了！

我说道："爸爸，你走吧。"他望车外看了看，说："我买几个橘子去。你就在此地，不要走动。"我看那边月台的栅栏外有几个卖东西的等着顾客。走到那边月台，须穿过铁道，须跳下去又爬上去。父亲是一个胖子，走过去自然要费事些。我本来要去的，他不肯，只好让他去。我看见他戴着黑布小帽，穿着黑布大马褂，深青布棉袍，蹒跚地走到铁道边，慢慢探身下去，尚不大难。可是他穿过铁道，要爬上那边月台，就不容易了。他用两手攀着上面，两脚再向上缩；他肥胖的身子向左微倾，显出努力的样子。这时我看见他的背影，我的泪很快地流下来了。我赶紧拭干了泪，怕他看见，也怕别人看见。我再向外看时，他已抱了朱红的橘子望回走了。过铁道时，他先将橘子散放在地上，自己慢慢爬下，再抱起橘子走。到这边时，我赶紧去搀他。他和我走到车上，将橘子一股脑儿放在我的皮大衣上。于是扑扑衣上的泥土，心里很轻松似的，过一会儿说："我走了，到那边来信！"我望着他走出去。他走了几步，回过头看见我，说："进去吧，里边没人。"等他的背影混入来来往往的人里，再找不着了，我便进来坐下，我的眼泪又来了。

近几年来，父亲和我都是东奔西走，家中光景是一日不如一日。他少年出外谋生，独力支持，做了许多大事。哪知老境却如此颓唐！他触目伤怀，自然情不能自已。情郁于中，自然要发之于外；家庭琐屑便往往触他之怒。他待我渐渐不同往日。但最近两年的不见，他终于忘却我的不好，只是惦记着我，惦记着我的儿子。我北来后，他写了一信给我，信中说道："我身体平安，唯膀子疼痛厉害，举箸提笔，诸多不便，大约大去之期不远矣。"我读到此处，在晶莹的泪光中，又看见那肥胖的、青布棉袍黑布马褂的背影。唉！我不知何时再能与他相见！

我的母亲

老舍

人，
即使活到八九十岁，
有母亲便可以多少还有点孩子气。

母亲的娘家是北平德胜门外，土城儿外边，通大钟寺的大路上的一个小村里。村里一共有四五家人家，都姓马。大家都种点不十分肥美的地，但是与我同辈的兄弟们，也有当兵的，做木匠的，做泥水匠的和当巡察的。他们虽然是农家，却养不起牛马，人手不够的时候，妇女便也须下地做活儿。

对于姥姥家，我只知道上述的一点。外公外婆是什么样子，我就不知道了，因为他们早已去世。至于更远的族系与家史，就更不晓得了；穷人只能顾眼前的衣食，没有工夫谈论什么过去的光荣；“家谱”这字眼，我在幼年就根本没有听说过。

母亲生在农家，所以勤俭诚实，身体也好。这一点事实却极重要，因为假若我没有这样的一位母亲，我以为我恐怕也就要大大地打个折扣了。

母亲出嫁大概是很早，因为我的大姐现在已是六十多岁的老太婆，而我的大外甥女还长我一岁啊。我有三个哥哥，四个姐姐，但能长大成人的，只有大姐、二姐、三姐、三哥与我。我是“老”儿子。生我的时候，母亲已有四十一岁，大姐二姐已都出了阁。

由大姐与二姐所嫁入的家庭来推断，在我生下之前，我的家里，大概还马马虎虎地过得去。那时候订婚讲究门当户对，而大姐丈是做小官的，二姐丈也开过一间酒馆，他们都是相当体面的人。

可是，我，我给家庭带来了不幸：我生下来，母亲晕过去半夜，才睁眼看见她的老儿子——感谢大姐，把我揣在怀中，致未冻死。

一岁半，我把父亲“克”死了。

兄不到十岁，三姐十二三岁，我才一岁半，全仗母亲独力抚养了。父亲的寡姐跟我们一块儿住，她吸鸦片，她喜摸纸牌，她的脾气极坏。为我们的衣食，母亲要给人家洗衣服，缝补或裁缝衣裳。在我的记忆中，她的手终年是鲜红微肿的。白天，她洗衣服，洗一两大绿瓦盆。她做事永远丝毫也不敷衍，就是屠户们送来的黑如铁的布袜，她也给洗得雪白。晚间，她与三姐抱着一盏油灯，还要缝补衣服，一直到半夜。她终年没有休息，可是在忙碌中她还把院子屋中收拾得清清爽爽。桌椅都是旧的，柜门的铜活儿久已残缺不全，可是她的手老使破桌面上没有尘土，残破的铜活儿发着光。院中，父亲遗留下的几盆石榴与夹竹桃，永远会得到应有的浇灌与爱护，年年夏天开许多花。

哥哥似乎没有同我玩耍过。有时候，他去读书；有时候，他去学徒；有时候，他也去卖花生或樱桃之类的小东西。母亲含着泪把他送走，不到两天，又含着泪接他回来。我不明白这都是什么事，而只觉得与他很生疏。与母亲相依为命的是我与三姐。因此，她们做事，我老在后面跟着。她们浇花，我也张罗着取水；她们扫地，我就撮土……从这里，我学得了爱花，爱清洁，守秩序。这些习惯至今还被我保存着。

有客人来，无论手中怎么窘，母亲也要设法弄一点东西去款待。舅父与表哥们往往是自己掏钱买酒肉食，这使她脸上羞得飞红，可是殷勤地给他们温酒做面，又给她一些喜悦。遇上亲友家中有喜丧事，母亲必把大褂洗得干干净净，亲自去贺吊——份礼也许只是两吊小钱。到如今如我的好客的习性，还未全改，尽管生活是这么清苦，因为自幼儿看惯了的事情是不易改掉的。

姑母常闹脾气。她单在鸡蛋里找骨头。她是我家中的阎王。直到我入了中学，她才死去，我可是没有看见母亲反抗过。“没受过婆婆的气，还不受大姑子的吗？命当如此！”母亲在非解释一下不足以平服别人的时候，才这样说。是的，命当如此。母亲活到老，穷到老，辛苦到老，全是命当如此。她最会吃亏。给亲友邻居帮忙，她总跑在前面：她会给婴儿洗三——穷朋友们可以因此少花一笔“请姥姥”钱——她会刮痧，她会给孩子们剃头，她会给少妇们绞脸……凡是她能做的，都有求必应。但是吵嘴打架，永远没有她。她宁吃亏，不斗气。当姑母死去的时候，母亲似乎把一世的委屈都哭了出来，一直哭到坟地。不知道哪里来的一位侄子，声称有承继权，母亲便一声不响，教他搬走那些破桌子烂板凳，而且把姑母养的一只肥母鸡也送给他。

可是，母亲并不软弱。父亲死在庚子闹“拳”的那一年。联军入城，挨家搜索财物鸡鸭，我们被搜两次。母亲拉着哥哥与三姐坐在墙根，等着“鬼子”进门，街门是开着的。“鬼子”进门，一刺刀先把老黄狗刺死，而后入室搜索。他们走后，母亲把破衣箱搬起，才发现了我。假若箱子不空，我早就被压死了。皇上跑了，丈夫死了，“鬼子”来了，满城是血光火焰，可是母亲不怕，她要在刺刀下，饥荒中，保护着儿女。北平有多少变乱啊，有时候兵变了，街市整条地烧起，火团落在我们院中。有时候内战了，城门紧闭，铺店关门，昼夜响着枪炮。这惊恐，这紧张，再加上一家饮食的筹划，儿女安全的顾虑，岂是一个软弱的老寡妇所能受得起的？可是，在这种时候，母亲的心横起来，她不慌不哭，要从无办法中想出办法来。她的泪会往心中落！这点软而硬的个性，也传给了我。我对一切人与事，都取和平的态度，把吃亏看作当然的。但是，在做人上，我有一定的宗旨与基本的法则，什么事都可将就，而不能超过自己划好的界限。我怕见生人，怕办杂事，怕出头露面；但是到了非我去不可的时候，我便不得不去，正像我的母亲。从私塾到小学，到中学，我经历过起码有廿位教师吧，其中有给我很大影响的，也有毫无影响的，但是我的真正的教师，把性格传给我的，是我的母亲。母亲并不识字，她给我的是生命的教育。

当我在小学毕了业的时候，亲友一致地愿意我去学手艺，好帮助母亲。我晓得我应当去找饭吃，以减轻母亲的勤劳困苦。可是，我也愿意升学。我偷偷地考入了师范学校——制服、饭食、书籍、宿处，都由学校供给。只有这样，我才敢对母亲提升学的话。入学，要交十元的保证金。这是一笔巨款！母亲作了半个月的难，把这巨款筹到，而后含泪把我送出门去。她不辞劳苦，只要儿子有出息。当我由师范毕业，而被派为小学校校长，母亲与我都一夜不曾合眼。我只说了句："以后，您可以歇一歇了！"她的回答只有一串串的眼泪。我入学之后，三姐结了婚。母亲对儿女是都一样疼爱的，但是假若她也有点偏爱的话，她应当偏爱三姐，因为自父亲死后，家中一切的事情都是母亲和三姐共同撑持的。三姐是母亲的右手。但是母亲知道这右手必须割去，她不能为自己的便利而耽误了女儿的青春。当花轿来到我们的破门外的时候，母亲的手就和冰一样地凉，脸上没有血色——那是阴历四月，天气很暖。大家都怕她晕过去。可是，她挣扎着，咬着嘴唇，手扶着门框，看花轿徐徐地走去。不久，姑母死了。三姐已出嫁，哥哥不在家，我又住学校，家中只剩母亲自己。她还须自晓至晚地操作，可是终日没人和她说一句话。新年到了，正赶上政府倡用阳历，不许过旧年。除夕，我请了两小时的假。由拥挤不堪的街市回到清炉冷灶的家中。母亲笑了。及至听说我还须回校，她愣住了。半天，她才叹出一口气来。到我该走的时候，她递给我一些花生，"去吧，小子！"街上是那么热闹，我却什么也没看见，泪遮迷了我的眼。今天，泪又遮住了我的眼，又想起当日孤独地过那凄惨的除夕的慈母。可是慈母不会再候盼着我了，她已入了土！

儿女的生命是不依顺着父母所设下的轨道一直前进的，所以老人总免不了伤心。我廿三岁，母亲要我结了婚，我不要。我请来三姐给我说情，老母含泪点了头。我爱母亲，但是我给了她最大的打击。时代使我成为逆子。廿七岁，我上了英国。为了自己，我给六十多岁的老母以第二次打击。在她七十大寿的那一天，我还远在异域。那天，据姐姐们后来告诉我，老太太只喝了两口酒，很早地便睡下。她想念她的幼子，而不便说出来。

“七七”抗战后，我由济南逃出来。北平又像庚子那年似的被鬼子占据了，可是母亲日夜惦念的幼子却跑西南来。母亲怎样想念我，我可以想象得到，可是我不能回去。每逢接到家信，我总不敢马上拆看，我怕，怕，怕，怕有那不祥的消息。人，即使活到八九十岁，有母亲便可以多少还有点孩子气。失了慈母便像花插在瓶子里，虽然还有色有香，却失去了根。有母亲的人，心里是安定的。我怕，怕，怕家信中带来不好的消息，告诉我已是失了根的花草。

去年一年，我在家信中找不到关于老母的起居情况。我疑虑，害怕。我想象得到，如有不幸，家中念我流亡孤苦，或不忍相告。母亲的生日是在九月，我在八月半写去祝寿的信，算计着会在寿日之前到达。信中嘱咐千万把寿日的详情写来，使我不再疑虑。十二月二十六日，由文化劳军的大会上回来，我接到家信。我不敢拆读。就寝前，我拆开信，母亲已去世一年了！

生命是母亲给我的。我之能长大成人，是母亲的血汗灌养的。我之能成为一个不十分坏的人，是母亲感化的。我的性格、习惯，是母亲传给的。她一世未曾享过一天福，临死还吃的是粗粮。唉！还说什么呢？心痛！心痛！

肆

第四章 檐雨垂天问，窗灯照世情

我常以为

是丑女造就了美人。

我常以为是愚氓举出了智者。

我常以为是懦夫衬照了英雄。

我常以为是

众生度化了佛祖。

我与地坛

史铁生

当然，那不是我。
但是，那不是我吗？

一

我在好几篇小说中都提到过一座废弃的古园，实际上就是地坛。许多年前旅游业还没有开展，园子荒芜冷落得如同一片野地，很少被人记起。

地坛离我家很近。或者说我家离地坛很近。总之，只好认为这是缘分。地坛在我出生前四百多年就坐落在那儿了，而自从我的祖母年轻时带着我父亲来到北京，就一直住在离它不远的地方——五十多年间搬过几次家，可搬来搬去总是在它周围，而且是越搬离它越近了。

我常觉得这中间有着宿命的味道：仿佛这古园就是为了等我，而历尽沧桑在那儿等待了四百多年。

它等待我出生，然后又等待我活到最狂妄的年龄上忽地残废了双腿。四百多年里，它一面剥蚀了古殿檐头浮夸的琉璃，淡褪了门壁上炫耀的朱红，坍圮了一段段高墙又散落了玉砌雕栏，祭坛四周的老柏树愈见苍幽，到处的野草荒藤也都茂盛得自在坦荡。这时候想必我是该来了。十五年前的一个下午，我摇着轮椅进入园中，它为一个失魂落魄的人把一切都准备好了。那时，太阳循着亘古不变的路途正越来越大，也越红。在满园弥漫的沉静光芒中，一个人更容易看到时间，并看见自己的身影。

自从那个下午我无意中进了这园子，就再没长久地离开过它。我一下子就理解了它的意图。正如我在一篇小说中所说的："在人口密聚的城市里，有这样一个宁静的去处，像是上帝的苦心安排。"

两条腿残废后的最初几年，我找不到工作，找不到去路，忽然间几乎什么都找不到了，我就摇了轮椅总是到它那儿去，仅为着那儿是可以逃避一个世界的另一个世界。我在那篇小说中写道："没处可去我便一天到晚耗在这园子里。跟上班下班一样，别人去上班我就摇了轮椅到这儿来。""园子无人看管，上下班时间有些抄近路的人从园中穿过，园子里活跃一阵，过后便沉寂下来。""园墙在金晃晃的空气中斜切下一溜阴凉，我把轮椅开进去，把椅背放倒，坐着或是躺着，看书或者想事，撅一杈树枝左右拍打，驱赶那些和我一样不明白为什么要来这世上的小昆虫。""蜂儿如一朵小雾稳稳地停在半空；蚂蚁摇头晃脑捋着触须，猛然间想透了什么，转身疾行而去；瓢虫爬得不耐烦了，累了，祈祷一回便支开翅膀，忽悠一下升空了；树干上留着一只蝉蜕，寂寞如一间空屋；露水在草叶上滚动，聚集，压弯了草叶，轰然坠地摔开万道金光。”“满园子都是草木竞相生长弄出的响动，窸窸窣窣窸窸窣窣片刻不息。”这都是真实的记录，园子荒芜但并不衰败。

除去几座殿堂我无法进去，除去那座祭坛我不能上去而只能从各个角度张望它，地坛的每一棵树下我都去过，差不多它的每一米草地上都有过我的车轮印。无论是什么季节，什么天气，什么时间，我都在这园子里待过。有时候待一会儿就回家，有时候就待到满地上都亮起月光。记不清都是在它的哪些角落里了，我一连几小时专心致志地想关于死的事，也以同样的耐心和方式想过我为什么要出生。这样想了好几年，最后事情终于弄明白了：一个人，出生了，这就不再是一个可以辩论的问题，而只是上帝交给他的一个事实；上帝在交给我们这件事实的时候，已经顺便保证了它的结果，所以死是一件不必急于求成的事，死是一个必然会降临的节日。这样想过之后我安心多了，眼前的一切不再那么可怕。比如你起早熬夜准备考试的时候，忽然想起有一个长长的假期在前面等待你，你会不会觉得轻松一点，并且庆幸并且感激这样的安排？

剩下的就是怎样活的问题了。这却不是在某一个瞬间就能完全想透的，不是能够一次性解决的事，怕是活多久就要想它多久了，就像是伴你终生的魔鬼或恋人。所以，十五年了，我还是总得到那古园里去，去它的老树下或荒草边或颓墙旁，去默坐，去呆想，去推开耳边的嘈杂，理一理纷乱的思绪，去窥看自己的心魂。十五年中，这古园的形体被不能理解它的人肆意雕琢，幸好有些东西是任谁也不能改变它的。譬如祭坛石门中的落日，寂静的光辉平铺的一刻，地上的每一个坎坷都被映照得灿烂；譬如在园中最为落寞的时间，一群雨燕便出来高歌，把天地都叫喊得苍凉；譬如冬天雪地上孩子的脚印，总让人猜想他们是谁，曾在哪儿做过些什么，然后又都到哪儿去了；譬如那些苍黑的古柏，你忧郁的时候它们镇静地站在那儿，你欣喜的时候它们依然镇静地站在那儿，它们没日没夜地站在那儿，从你没有出生一直站到这个世界上又没了你的时候；譬如暴雨骤临园中，激起一阵阵灼烈而清纯的草木和泥土的气味，让人想起无数个夏天的事件；譬如秋风忽至，再有一场早霜，落叶或飘摇歌舞或坦然安卧，满园中播散着熨帖而微苦的味道。味道是最说不清楚的，味道不能写只能闻，要你身临其境去闻才能明了。味道甚至是难于记忆的，只有你又闻到它你才能记起它的全部情感和意蕴。所以我常常要到那园子里去。

二

现在我才想到，当年我总是独自跑到地坛去，曾经给母亲出了一个怎样的难题。

她不是那种光会疼爱儿子而不懂得理解儿子的母亲。她知道我心里的苦闷，知道不该阻止我出去走走，知道我要是老待在家里结果会更糟，但她又担心我一个人在那荒僻的园子里整天都想些什么。我那时脾气坏到极点，经常是发了疯一样地离开家，从那园子里回来又中了魔似的什么话都不说。母亲知道有些事不宜问，便犹犹豫豫地想问而终于不敢问，因为她自己心里也没有答案。她料想我不会愿意她跟我一同去，所以她从未这样要求过。她知道得给我一点独处的时间，得有这样一段过程，她只是不知道这过程得要多久和这过程的尽头究竟是什么。每次我要动身时，她便无言地帮我准备，帮助我上了轮椅车，看着我摇车拐出小院。这以后她会怎样，当年我不曾想过。

有一回我摇车出了小院，想起一件什么事又返身回来，看见母亲仍站在原地，还是送我走时的姿势，望着我拐出小院去的那处墙角，对我的回来竟一时没有反应。待她再次送我出门的时候，她说："出去活动活动，去地坛看看书，我说这挺好。"许多年以后我才渐渐听出，母亲这话实际上是自我安慰，是暗自的祷告，是给我的提示，是恳求与嘱咐。只是在她猝然去世之后，我才有余暇设想，当我不在家里的那些漫长的时间，她是怎样心神不定坐卧难宁，兼着痛苦与惊恐与一个母亲最低限度的祈求。现在我可以断定，以她的聪慧和坚忍，在那些空落的白天后的黑夜，在那不眠的黑夜后的白天，她思来想去最后准是对自己说："反正我不能不让他出去，未来的日子是他自己的，如果他真的在那园子里出了什么事，这苦难也只好我来承担。"在那段日子里——那是好几年前的一段日子，我想我一定使母亲做过最坏的准备了，但她从来没有对我说过："你为我想想。"事实上我也真的没为她想过。那时她的儿子还太年轻，还来不及为母亲想，他被命运击昏了头，一心以为自己是世上最不幸的一个，不知道儿子的不幸在母亲那儿总是要加倍的。她有一个长到二十岁上忽然截瘫了的儿子，这是她唯一的儿子；她情愿截瘫的是自己而不是儿子，可这事无法代替；她想，只要儿子能活下去，哪怕自己去死呢也行，可她又确信一个人不能仅仅是活着，儿子得有一条路走向自己的幸福；而这条路呢，没有谁能保证她的儿子最终能找到——这样一个母亲，注定是活得最苦的母亲。

有一次与一个作家朋友聊天，我问他学写作的最初动机是什么，他想了一会儿说："为我母亲。为了让她骄傲。"我心里一惊，良久无言。回想自己最初写小说的动机，虽不似这位朋友的那般单纯，但如他一样的愿望我也有，且一经细想，发现这愿望也在全部动机中占了很大比重。这位朋友说："我的动机太低俗了吧？"我光是摇头，心想低俗并不见得低俗，只怕是这愿望过于天真了。他又说："我那时真就是想出名，出了名让别人羡慕我母亲。"我想，他比我坦率。我想，他又比我幸福，因为他的母亲还活着。而且我想，他的母亲也比我的母亲运气好，他的母亲没有一个双腿残废的儿子，否则事情就不这么简单。

在我的头一篇小说发表的时候，在我的小说第一次获奖的那些日子里，我真是多么希望我的母亲还活着。我便又不能在家里待了，又整天整天独自跑到地坛去，心里是没头没尾的沉郁和哀怨，走遍整个园子却怎么也想不通：母亲为什么就不能再多活两年？为什么在她儿子就快要碰撞开一条路的时候，她却忽然熬不住了？莫非她来此世上只是为了替儿子担忧，却不该分享我的一点点快乐？她匆匆离我而去时才只有四十九岁呀！有那么一会儿，我甚至对世界对上帝充满了仇恨和厌恶。后来我在一篇题为《合欢树》的文章中写道："坐在小公园安静的树林里，我闭上眼睛，想：上帝为什么早早地召母亲回去呢？很久很久，迷迷糊糊地，我听见了回答：'她心里太苦了，上帝看她受不住了，就召她回去。'我似乎得到一点安慰，睁开眼睛，看见风正从树林里穿过。"小公园，指的也是地坛。

只是到了这时候，纷纭的往事才在我眼前幻现得清晰，母亲的苦难与伟大才在我心中渗透得深彻。上帝的考虑，也许是对的。

摇着轮椅在园中慢慢走，又是雾罩的清晨，又是骄阳高悬的白昼，我只想着一件事：母亲已经不在了。在老柏树旁停下，在草地上在颓墙边停下，又是处处虫鸣的午后，又是鸟儿归巢的傍晚，我心里只默念着一句话：可是母亲已经不在了。把椅背放倒，躺下，似睡非睡挨到日没，坐起来，心神恍惚，呆呆地直坐到古祭坛上落满黑暗然后再渐渐浮起月光，心里才有点明白，母亲不能再来这园中找我了。

曾有过好多回，我在这园子里待得太久了，母亲就来找我。她来找我又不想让我发觉，只要见我还好好地在这园子里，她就悄悄转身回去。我看见过几次她的背影，我也看见过几回她四处张望的情景。她视力不好，端着眼镜像在寻找海上的一条船。她没看见我时我已经看见她了，待我看见她也看见我了我就不去看她，过一会儿我再抬头看她就又看见她缓缓离去的背影。我单是无法知道有多少回她没有找到我。有一回我坐在矮树丛中，树丛很密，我看见她没有找到我。她一个人在园子里走，走过我的身旁，走过我经常待的一些地方，步履茫然又急迫。我不知道她已经找了多久还要找多久，我不知道为什么我决意不喊她——但这绝不是小时候的捉迷藏，这也许是出于长大了的男孩子的倔强或羞涩。但这倔强只留给我痛悔，丝毫也没有骄傲。我真想告诫所有长大了的男孩子，千万不要跟母亲来这套倔强，羞涩就更不必，我已经懂了可我已经来不及了。

儿子想使母亲骄傲，这心情毕竟是太真实了，以致“想出名”这一声名狼藉的念头也多少改变了一点形象。这是个复杂的问题，且不去管它了罢。随着小说获奖的激动逐日暗淡，我开始相信，至少有一点我是想错了：我用纸笔在报刊上碰撞开的一条路，并不就是母亲盼望我找到的那条路。年年月月我都到这园子里来，年年月月我都要想，母亲盼望我找到的那条路到底是什么。母亲生前没给我留下过什么隽永的哲言，或要我恪守的教诲，只是在她去世之后，她艰难的命运、坚忍的意志和毫不张扬的爱，随光阴流转，在我的印象中愈加鲜明深刻。

有一年，十月的风又翻动起安详的落叶，我在园中读书，听见两个散步的老人说："没想到这园子有这么大。"我放下书，想，这么大一座园子，要在其中找到她的儿子，母亲走过了多少焦灼的路。多年来我头一次意识到，这园中不单是处处都有过我的车辙，有过我的车辙的地方也都有过母亲的脚印。

三

如果以一天中的时间来对应四季，当然春天是早晨，夏天是中午，秋天是黄昏，冬天是夜晚。如果以乐器来对应四季，我想春天应该是小号，夏天是定音鼓，秋天是大提琴，冬天是圆号和长笛。要是以这园子里的声响来对应四季呢？那么，春天是祭坛上空飘浮着的鸽子的哨音，夏天是冗长的蝉歌和杨树叶子哗啦啦的对蝉歌的取笑，秋天是古殿檐头的风铃响，冬天是啄木鸟随意而空旷的啄木声。以园中的景物对应四季，春天是一径时而苍白时而黑润的小路，时而明朗时而阴晦的天上摇荡着串串杨花；夏天是一条条耀眼而灼人的石凳，或阴凉而爬满了青苔的石阶，阶下有果皮，阶上有半张被坐皱的报纸；秋天是一座青铜的大钟，在园子的西北角上曾丢弃着一座很大的铜钟，铜钟与这园子一般年纪，浑身挂满绿锈，文字已不清晰；冬天，是林中空地上几只羽毛蓬松的老麻雀。以心绪对应四季呢？春天是卧病的季节，否则人们不易发觉春天的残忍与渴望；夏天，情人们应该在这个季节里失恋，不然就似乎对不起爱情；秋天是从外面买一棵盆花回家的时候，把花搁在阔别了的家中，并且打开窗户把阳光也放进屋里，慢慢回忆慢慢整理一些发过霉的东西；冬天伴着火炉和书，一遍遍坚定不死的决心，写一些并不发出的信。还可以用艺术形式对应四季，这样春天就是一幅画，夏天是一部长篇小说，秋天是一首短歌或诗，冬天是一群雕塑。以梦呢？以梦对应四季呢？春天是树尖上的呼喊，夏天是呼喊中的细雨，秋天是细雨中的土地，冬天是干净的土地上的一只孤零的烟斗。

因为这园子，我常感恩于自己的命运。

我甚至现在就能清楚地看见，一旦有一天我不得不长久地离开它，我会怎样想念它，我会怎样想念它并且梦见它，我会怎样因为不敢想念它而梦也梦不到它。

四

现在让我想想，十五年中坚持到这园子来的人都是谁呢？好像只剩了我和一对老人。

十五年前，这对老人还只能算是中年夫妇，我则货真价实还是个青年。他们总是在薄暮时分来园中散步，我不大弄得清他们是从哪边的园门进来，一般来说他们是逆时针绕这园子走。男人个子很高，肩宽腿长，走起路来目不斜视，胯以上直至脖颈挺直不动，他的妻子攀了他一条胳膊走，也不能使他的上身稍有松懈。女人个子却矮，也不算漂亮，我无端地相信她必出身于家道中衰的名门富族；她攀在丈夫胳膊上像个娇弱的孩子，她向四周观望似总含着恐惧，她轻声与丈夫谈话，见有人走近就立刻怯怯地收住话头。我有时因为他们而想起冉·阿让与珂赛特，但这想法并不巩固，他们一望即知是老夫老妻。两个人的穿着都算得上考究，但由于时代的演进，他们的服饰又可以称为古朴了。他们和我一样，到这园子里来几乎是风雨无阻，不过他们比我守时。我什么时间都可能来，他们则一定是在暮色初临的时候。刮风时他们穿了米色风衣，下雨时他们打了黑色的雨伞，夏天他们的衬衫是白色的裤子是黑色的或米色的，冬天他们的呢子大衣又都是黑色的，想必他们只喜欢这三种颜色。他们逆时针绕这园子一周，然后离去。他们走过我身旁时只有男人的脚步响，女人像是贴在高大的丈夫身上跟着飘移。我相信他们一定对我有印象，但是我们没有说过话，我们互相都没有想要接近的表示。十五年中，他们或许注意到一个小伙子进入了中年，我则看着一对令人羡慕的中年情侣不觉中成了两个老人。

曾有过一个热爱唱歌的小伙子，他也是每天都到这园中来，来唱歌，唱了好多年，后来不见了。他的年纪与我相仿，他多半是早晨来，唱半小时或整整唱一个上午，估计在另外的时间里他还得上班。我们经常在祭坛东侧的小路上相遇，我知道他是到东南角的高墙下去唱歌，他一定猜想我去东北角的树林里做什么。我找到我的地方，抽几口烟，便听见他谨慎地整理歌喉了。他反反复复唱那么几首歌。“文化大革命”没过去的时候，他唱“蓝蓝的天上白云飘，白云下面马儿跑……”我老也记不住这歌的名字。“文革”后，他唱《货郎与小姐》中那首最为流传的咏叹调。“卖布——卖布嘞，卖布——卖布嘞！”我记得这开头的一句他唱得很有声势，在早晨清澈的空气中，货郎跑遍园中的每一个角落去恭维小姐。“我交了好运气，我交了好运气，我为幸福唱歌曲……”然后他就一遍一遍地唱，不让货郎的激情稍减。依我听来，他的技术不算精到，在关键的地方常出差错，但他的嗓子是相当不坏的，而且唱一个上午也听不出一点疲惫。太阳也不疲惫，把大树的影子缩小成一团，把疏忽大意的蚯蚓晒干在小路上。将近中午，我们又在祭坛东侧相遇，他看一看我，我看一看他，他往北去，我往南去。日子久了，我感到我们都有结识的愿望，但似乎都不知如何开口，于是互相注视一下终又都移开目光擦身而过；这样的次数一多，便更不知如何开口了。终于有一天——一个丝毫没有特点的日子，我们互相点了一下头，他说：“你好。”我说：“你好。”他说：“回去啦？”我说：“是，你呢？”他说：“我也该回去了。”我们都放慢脚步（其实我是放慢车速），想再多说几句，但仍然是不知从何说起，这样我们就都走过了对方，又都扭转身子面向对方。他说：“那就再见吧。”我说：“好，再见。”便互相笑笑各走各的路了。但是我们没有再见，那以后，园中再没了他的歌声，我才想到，那天他或许是有意与我道别的，也许他考上了哪家专业的文工团或歌舞团了吧？真希望他如他歌里所唱的那样，交了好运气。

还有一些人，我还能想起一些常到这园子里来的人。有一个老头，算得一个真正的饮者。他在腰间挂一个扁瓷瓶，瓶里当然装满了酒，常来这园中消磨午后的时光。他在园中四处游逛，如果你不注意你会以为园中有好几个这样的老头，等你看过了他卓尔不群的饮酒情状，你就会相信这是个独一无二的老头。他的衣着过分随便，走路的姿态也不慎重，走上五六十米路便选定一处地方，一只脚踏在石凳上或土埂上或树墩上，解下腰间的酒瓶，解酒瓶的当儿眯起眼睛把一百八十度视角内的景物细细看一遭，然后以迅雷不及掩耳之势倒一大口酒入肚，把酒瓶摇一摇再挂向腰间，平心静气地想一会儿什么，便走下一个五六十米去。还有一个捕鸟的汉子，那岁月园中人少，鸟却多，他在西北角的树丛中拉一张网，鸟撞在上面，羽毛戗在网眼里便不能自拔。他单等一种过去很多而现在非常罕见的鸟，其他的鸟撞在网上他就把它们摘下来放掉，他说已经有好多年没等到那种罕见的鸟了，他说他再等一年看看到底还有没有那种鸟，结果他又等了好多年。早晨和傍晚，在这园子里可以看见一个中年女工程师，早晨她从北向南穿过这园子去上班，傍晚她从南向北穿过这园子回家，事实上我并不了解她的职业或者学历，但我以为她必是学理工的知识分子，别样的人很难有她那般的素朴并优雅。当她在园子穿行的时刻，四周的树林也仿佛更加幽静，清淡的日光中竟似有悠远的琴声，比如说是那曲《献给艾丽丝》才好。我没有见过她的丈夫，没有见过那个幸运的男人是什么样子，我想象过却想象不出，后来忽然懂了想象不出才好，那个男人最好不要出现。她走出北门回家去，我竟有点担心，担心她会落入厨房。不过，也许她在厨房里劳作的情景更有另外的美吧，当然不能再是《献给艾丽丝》，是个什么曲子呢？还有一个人，是我的朋友，他是个最有天赋的长跑家，但他被埋没了。他因为在“文革”中出言不慎而坐了几年牢，出来后好不容易找了个拉板车的工作，样样待遇都不能与别人平等，苦闷极了便练习长跑。那时他总来这园子里跑，我用手表为他计时，他每跑一圈向我招一下手，我就记下一个时间。每次他要环绕这园子跑二十圈，大约两万米。他盼望以他的长跑成绩来获得政治上真正的解放，他以为记者的镜头和文字可以帮他做到这一点。第一年他在春节环城赛上跑了第十五名，他看见前十名的照片都挂在了长安街的新闻橱窗里，于是有了信心。第二年他跑了第四名，可是新闻橱窗里只挂了前三名的照片，他没灰心。第三年他跑了第七名，橱窗里挂前六名的照片，他有点怨自己。第四年他跑了第三名，橱窗里却只挂了第一名的照片。第五年他跑了第一名——他几乎绝望了，橱窗里只有一幅环城赛群众场面的照片。那些年我们俩常一起在这园子里待到天黑，开怀痛骂，骂完沉默着回家，分手时再互相叮嘱：先别去死，再试着活一活看。现在他已经不跑了，年岁太大了，跑不了那么快了。最后一次参加环城赛，他以三十八岁之龄又得了第一名并破了纪录，有一位专业队的教练对他说：“我要是十年前发现你就好了。”他苦笑一下什么也没说，只在傍晚又来这园中找到我，把这事平静地向我叙说一遍。不见他已有好几年了，现在他和妻子和儿子住在很远的地方。

这些人现在都不到园子里来了，园子里差不多完全换了一批新人。十五年前的旧人，现在就剩我和那对老夫老妻了。有那么一段时间，这老夫老妻中的一个也忽然不来，薄暮时分唯男人独自来散步，步态也明显迟缓了许多。我悬心了很久，怕是那女人出了什么事。幸好过了一个冬天那女人又来了，两个人仍是逆时针绕着园子走，一长一短两个身影恰似钟表的两支指针；女人的头发白了许多，但依旧攀着丈夫的胳膊走得像个孩子。“攀”这个字用得不恰当了，或许可以用“搀”吧，不知有没有兼具这两个意思的字。

五

我也没有忘记一个孩子——一个漂亮而不幸的小姑娘。十五年前的那个下午，我第一次到这园子里来就看见了她，那时她大约三岁，蹲在斋宫西边的小路上捡树上掉落的“小灯笼”。那儿有几棵大栾树，春天开一簇簇细小而稠密的黄花，花落了便结出无数如同三片叶子合抱的小灯笼，小灯笼先是绿色，继而转白，再变黄，成熟了掉落得满地都是。小灯笼精巧得令人爱惜，成年人也不免捡了一个还要捡一个。小姑娘咿咿呀呀地跟自己说着话，一边捡小灯笼。她的嗓音很好，不是她那个年龄所常有的那般尖细，而是很圆润甚或是厚重，也许是因为那个下午园子里太安静了。我奇怪这么小的孩子怎么一个人跑来这园子里，我问她住在哪儿。她随手指一下，就喊她的哥哥。沿墙根一带的茂草之中便站起一个七八岁的男孩，朝我望望，看我不像坏人便对他的妹妹说：“我在这儿呢！”又伏下身去。他在捉什么虫子。他捉到螳螂、蚂蚱、知了和蜻蜓，来取悦他的妹妹。有那么两三年，我经常在那几棵大栾树下见到他们，兄妹俩总是在一起玩，玩得和睦融洽，都渐渐长大了些。之后有很多年没见到他们。我想他们都在学校里吧，小姑娘也到了上学的年龄，必是告别了孩提时光，没有很多机会来这儿玩了。这事很正常，没理由太搁在心上，若不是有一年我又在园中见到他们，肯定就会慢慢把他们忘记。

那是个礼拜日的上午，那是个晴朗而令人心碎的上午。时隔多年，我竟发现那个漂亮的小姑娘原来是个弱智的孩子。我摇着车到那几棵大栾树下去，恰又是遍地落满了小灯笼的季节。当时我正为一篇小说的结尾所苦，既不知为什么要给它那样一个结尾，又不知何以忽然不想让它有那样一个结尾，于是从家里跑出来，想依靠着园中的镇静，看看是否应该把那篇小说放弃。我刚刚把车停下，就见前面不远处有几个人在戏耍一个少女，做出怪样子来吓她，又喊又笑地追逐她拦截她。少女在几棵大树间惊惶地东跑西躲，却不松手揪卷在怀里的裙裾，两条腿袒露着也似毫无察觉。我看出少女的智力是有些缺陷，却还没看出她是谁。我正要驱车上前为少女解围，就见远处飞快地骑车来了个小伙子，于是那几个戏耍少女的家伙望风而逃。小伙子把自行车支在少女近旁，怒目望着那几个四散逃窜的家伙，一声不吭喘着粗气，脸色如暴雨前的天空一样一会儿比一会儿苍白。这时我认出了他们，小伙子和少女就是当年那对小兄妹。我几乎是在心里惊叫了一声，或者是哀号。世上的事常常使上帝的居心变得可疑。小伙子向他的妹妹走去，少女松开了手，裙裾随之垂落了下来，很多很多她捡的小灯笼便洒落了一地，铺散在她脚下。她仍然算得上漂亮，但双眸迟滞没有光彩。她呆呆地望着那群跑散的家伙，望着极目之处的空寂，凭她的智力绝不可能把这个世界想明白吧？大树下，破碎的阳光星星点点，风把遍地的小灯笼吹得滚动，仿佛喑哑地响着无数小铃铛。哥哥把妹妹扶上自行车后座，带着她无言地回家去了。

无言是对的。要是上帝把漂亮和弱智这两样东西都给了这个小姑娘，就只有无言和回家去是对的。

谁又能把这世界想个明白呢？世上的很多事是不堪说的。你可以抱怨上帝何以要降诸多苦难给这人间，你也可以为消灭种种苦难而奋斗，并为此享有崇高与骄傲，但只要你再多想一步你就会坠入深深的迷茫了：假如世界上没有了苦难，世界还能够存在吗？要是没有愚钝，机智还有什么光荣呢？要是没了丑陋，漂亮又怎么维系自己的幸运？要是没有了恶劣和卑下，善良与高尚将如何界定自己又如何成为美德呢？要是没有了残疾，健全会否因其司空见惯而变得腻烦和乏味呢？我常梦想着在人间彻底消灭残疾，但可以相信，那时将由患病者代替残疾人去承担同样的苦难。如果能够把疾病也全数消灭，那么这份苦难又将由（比如说）相貌丑陋的人去承担了。就算我们连丑陋，连愚昧和卑鄙和一切我们所不喜欢的事物和行为，也都可以统统消灭掉，所有的人都一样健康、漂亮、聪慧、高尚，结果会怎样呢？怕是人间的剧目就全要收场了。一个失去差别的世界将是一潭死水，是一块没有感觉没有肥力的沙漠。

看来差别永远是要有的。看来就只好接受苦难——人类的全部剧目需要它，存在的本身需要它。看来上帝又一次对了。

于是就有一个最令人绝望的结论等在这里：由谁去充任那些苦难的角色？又有谁去体现这世间的幸福、骄傲和快乐？只好听凭偶然，是没有道理好讲的。

就命运而言，休论公道。

那么，一切不幸命运的救赎之路在哪里呢？

设若智慧或悟性可以引领我们去找到救赎之路，难道所有的人都能够获得这样的智慧和悟性吗？

我常以为是丑女造就了美人。我常以为是愚氓举出了智者。我常以为是懦夫衬照了英雄。我常以为是众生度化了佛祖。

六

设若有一位园神，他一定早已注意到了，这么多年我在这园里坐着，有时候是轻松快乐的，有时候是沉郁苦闷的，有时候优哉游哉，有时候恓惶落寞，有时候平静而且自信，有时候又软弱又迷茫。其实总共只有三个问题交替着来骚扰我，来陪伴我。第一个是要不要去死，第二个是为什么活，第三个，我干吗要写作。

现在让我看看，它们迄今都是怎样编织在一起的吧。

你说，你看穿了死是一件无须乎着急去做的事，是一件无论怎样耽搁也不会错过的事，便决定活下去试试？是的，至少这是很关键的因素。为什么要活下去试试呢？好像仅仅是因为不甘心。机会难得，不试白不试，腿反正是完了，一切仿佛都要完了，但死神很守信用，试一试不会额外再有什么损失，说不定倒有额外的好处呢是不是？我说过，这一来我轻松多了，自由多了。为什么要写作呢？作家是两个被人看重的字，这谁都知道。为了让那个躲在园子深处坐轮椅的人，有朝一日在别人眼里也稍微有点光彩，在众人眼里也能有个位置，哪怕那时再去死呢也就多少说得过去了。开始的时候就是这样想，这不用保密，这些现在不用保密了。

我带着本子和笔，到园中找一个最不为人打扰的角落，偷偷地写。那个爱唱歌的小伙子在不远的地方一直唱。要是有人走过来，我就把本子合上把笔叼在嘴里。我怕写不成反落得尴尬。我很要面子。可是你写成了，而且发表了。人家说我写得还不坏，他们甚至说：真没想到你写得这么好。我心说你们没想到的事还多着呢。我确实有整整一宿高兴得没合眼。我很想让那个唱歌的小伙子知道，因为他的歌也毕竟是唱得不错。我告诉我的长跑家朋友的时候，那个中年女工程师正优雅地在园中穿行。长跑家很激动，他说好吧，我玩命跑，你玩命写。这一来你中了魔了，整天都在想哪一件事可以写，哪一个人可以让你写成小说。是中了魔了，我走到哪儿想到哪儿，在人山人海里只寻找小说。要是有一种小说试剂就好了，见人就滴两滴看他是不是一篇小说；要是有一种小说显影液就好了，把它泼满全世界看看都是哪儿有小说。中了魔了，那时我完全是为了写作活着。结果你又发表了几篇，并且出了一点小名，可这时你越来越感到恐慌。我忽然觉得自己活得像个人质，刚刚有点像个人了却又过了头，像个人质，被一个什么阴谋抓了来当人质，不定哪天被处决，不定哪天就完蛋。你担心要不了多久你就会文思枯竭，那样你就又完了。凭什么我总能写出小说来呢？凭什么那些适合做小说的生活素材就总能送到一个截瘫者跟前来呢？人家满世界跑都有枯竭的危险，而我坐在这园子里凭什么可以一篇接一篇地写呢？你又想到死了。我想见好就收吧。当一名人质实在是太累了太紧张了，太朝不保夕了。我为写作而活下来，要是写作到底不是我应该干的事，我想，我再活下去是不是太冒傻气了？这么想着你却还在绞尽脑汁地想写。我好歹又拧出点水来，从一条快要晒干的毛巾上。恐慌日甚一日，随时可能完蛋的感觉比完蛋本身可怕多了，所谓不怕贼偷就怕贼惦记。我想人不如死了好，不如不出生的好，不如压根儿没有这个世界的好。可你并没有去死。我又想到那是一件不必着急的事。可是不必着急的事并不证明是一件必要拖延的事呀！你总是决定活下来，这说明什么？是的，我还是想活。人为什么活着？因为人想活着，说到底是这么回事，人真正的名字叫作：欲望。可我不怕死，有时候我真的不怕死。有时候——说对了。不怕死和想去死是两回事，有时候不怕死的人是有的，一生下来就不怕死的人是没有的。我有时候倒是怕活。可是怕活不等于不想活呀！可我为什么还想活呢？因为你还想得到点什么，你觉得你还是可以得到点什么的，比如说爱情，比如说价值感之类，人真正的名字叫欲望。这不对吗？我不该得到点什么吗？没说不该。可我为什么活得恐慌，就像个人质？后来你明白了，你明白你错了，活着不是为了写作，而写作是为了活着。你明白了这一点是在一个挺滑稽的时刻。那天你又说你不如死了好，你的一个朋友劝你：你不能死，你还得写呢，还有好多好作品等着你去写呢。这时候你忽然明白了，你说：只是因为我活着，我才不得不写作。或者说只是因为你还想活下去，你才不得不写作。是的，这样说过之后我竟然不那么恐慌了。就像你看穿了死之后所得的那份轻松？一个人质报复一场阴谋的最有效的办法是把自己杀死。我看出我得先把我杀死在市场上，那样我就不用参加抢购题材的风潮了。你还写吗？还写。你真的不得不写吗？人都忍不住要为生存找一些牢靠的理由。你不担心你会枯竭了？我不知道，不过我想，活着的问题在死前是完不了的。

这下好了，您不再恐慌了，不再是个人质了，您自由了。算了吧你，我怎么可能自由呢？别忘了人真正的名字是：欲望。所以您得知道，消灭恐慌的最有效的办法就是消灭欲望。可是我还知道，消灭人性的最有效的办法也是消灭欲望。那么，是消灭欲望同时也消灭恐慌呢，还是保留欲望同时也保留人性？

我在这园子里坐着，我听见园神告诉我：每一个有激情的演员都难免是一个人质。每一个懂得欣赏的观众都巧妙地粉碎了一场阴谋。每一个乏味的演员都是因为他老以为这戏剧与自己无关。每一个倒霉的观众都是因为他总是坐得离舞台太近了。

我在这园子里坐着，园神成年累月地对我说：孩子，这不是别的，这是你的罪孽和福祉。

七

要是有些事我没说，地坛，你别以为是我忘了，我什么也没忘。但是有些事只适合收藏，不能说，也不能想，却又不能忘。它们不能变成语言，它们无法变成语言，一旦变成语言就不再是它们了。它们是一片朦胧的温馨与寂寥，是一片成熟的希望与绝望，它们的领地只有两处：心与坟墓。比如说邮票，有些是用于寄信的，有些仅仅是为了收藏。

如今我摇着车在这园子里慢慢走，常常有一种感觉，觉得我一个人跑出来已经玩得太久了。有一天我整理我的旧相册，看见一张十几年前我在这园子里照的照片——那个年轻人坐在轮椅上，背后是一棵老柏树，再远处就是那座古祭坛。我便到园子里去找那棵树，我按着照片上的背景找很快就找到了它，按着照片上它枝干的形状找，肯定那就是它。但是它已经死了，而且在它身上缠绕着一条碗口粗的藤萝。有一天我在这园子碰见一个老太太，她说："哟，你还在这儿哪？"她问我："你母亲还好吗？""您是谁？""你不记得我，我可记得你。有一回你母亲来这儿找你，她问我您看没看见一个摇轮椅的孩子……"我忽然觉得，我一个人跑到这世界上来玩真是玩得太久了。有一天夜晚，我独自坐在祭坛边的路灯下看书，忽然从那漆黑的祭坛里传出一阵阵唢呐声。四周都是参天古树，方形祭坛占地几百平方米，空旷坦荡独对苍天，我看不见那个吹唢呐的人，唯唢呐声在星光寥寥的夜空里低吟高唱，时而悲怆时而欢快，时而缠绵时而苍凉。或许这几个词都不足以形容它，我清清醒醒地听出它响在过去，响在现在，响在未来，回旋飘转亘古不散。

必有一天，我会听见喊我回去。

那时您可以想象一个孩子，他玩累了可他还没玩够呢，心里好些新奇的念头甚至等不及到明天。也可以想象是一个老人，无可置疑地走向他的安息地，走得任劳任怨。还可以想象一对热恋中的情人，互相一次次说"我一刻也不想离开你"，又互相一次次说"时间已经不早了"。时间不早了可我一刻也不想离开你，一刻也不想离开你可时间毕竟是不早了。

我说不好我想不想回去。我说不好是想还是不想，还是无所谓。我说不好我是像那个孩子，还是像那个老人，还是像一个热恋中的情人。很可能是这样：我同时是他们三个。我来的时候是个孩子，他有那么多孩子气的念头所以才哭着喊着闹着要来；他一来一见到这个世界便立刻成了不要命的情人；而对一个情人来说，不管多么漫长的时光也是稍纵即逝，那时他便明白，每一步每一步，其实一步步都是走在回去的路上。当牵牛花初开的时节，葬礼的号角就已吹响。

但是太阳，它每时每刻都是夕阳也都是旭日。当它熄灭着走下山去收尽苍凉残照之际，正是它在另一面燃烧着爬上山巅布散烈烈朝晖之时。那一天，我也将沉静着走下山去，扶着我的拐杖。有一天，在某一处山洼里，势必会跑上来一个欢蹦的孩子，抱着他的玩具。

当然，那不是我。

但是，那不是我吗？

宇宙以其不息的欲望将一个歌舞炼为永恒。这欲望有怎样一个人间的姓名，大可忽略不计。

我二十一岁那年

史铁生

童话的缺憾不在于它太美，
而在于它必要走进一个更为纷繁而且严酷的世界，
那时只怕它太娇嫩。

友谊医院神经内科病房有十二间病室，除去1号2号，其余十间我都住过。当然，绝不为此骄傲。即便多么骄傲的人，据我所见，一躺上病床也都谦恭。1号和2号是病危室，是一步登天的地方，上帝认为我住那儿为时尚早。十九年前，父亲搀扶着我第一次走进那病房。那时我还能走，走得艰难，走得让人伤心就是了。当时我有过一个决心：要么好，要么死，一定不再这样走出来。正是晌午，病房里除了病人的微鼾，便是护士们轻极了的脚步，满目洁白，阳光中飘浮着药水的味道，如同信徒走进了庙宇，我感觉到了希望。一位女大夫把我引进10号病室，她贴近我的耳朵轻轻柔柔地问："午饭吃了没？”我说：“您说我的病还能好吗？”她笑了笑。记不得她怎样回答了，单记得她说了一句什么之后，父亲的愁眉也略略地舒展。女大夫步履轻盈地走后，我永远留住了一个偏见：女人是最应该当大夫的，白大褂是她们最优雅的服装。那天恰是我二十一岁生日的第二天。我对医学对命运都还未及了解，不知道病出在脊髓上将是一件多么麻烦的事。我舒心地躺下来睡了个好觉。心想：十天，一个月，好吧就算是三个月，然后我就又能是原来的样子了。和我一起插队的同学来看我时，也都这样想，他们给我带来很多书。10号有六个床位。我是6床。5床是个农民，他天天都盼着出院。“光房钱一天一块一毛五，你算算得啦，”5床说，“‘死病’值得了这么些？”3床就说：“得了嘿，你有完没完！死死死，数你悲观。”4床是个老头，说：“别介别介，咱毛主席有话啦——既来之，则安之。”农民便带笑地把目光转向我，却是对他们说：“敢情你们都有公费医疗。”他知道我还在与贫下中农相结合。1床不说话，1床一旦说话即可出院。2床像是个有些来头的人，举手投足之间便赢得大伙儿的敬畏。2床幸福地把一切名词都忘了，包括忘了自己的姓名。2床讲话时，所有名词都以“这个”“那个”代替，因而讲到一些轰轰烈烈的事迹却听不出是谁人所为。4床说：“这多好，不得罪人。”我不搭茬儿。刚有的一点舒心顷刻全光。一天一块多房钱都要从父母的工资里出，一天好几块的药钱、饭钱都要从父母的工资里出，何况为了给我治病，家中早已是负债累累了。我马上就想那农民之所想了：什么时候才能出院呢？我赶紧松开拳头让自己放明白点：这是在医院不是在家里，这儿没人会容忍我发脾气，而且砸坏了什么还不是得用父母的工资去赔？所幸身边有书，想来想去只好一头埋进书里去，好吧好吧，就算是三个月！我平白地相信这样一个期限。

可是三个月后我不仅没能出院，病反而更厉害了。那时我和 2 床一起住到了 7 号。2 床果然不同寻常，是位局长，十一级干部，但还是多了一级，非十级以上者无缘去住高干病房的单间。7 号是这普通病房中唯一仅设两张病床的房间，最接近单间，故一向由最接近十级的人去住。据说刚有个十三级从这儿出去，2 床搬来名正言顺。我呢？护士长说是“这孩子爱读书”，让我帮助 2 床把名词重新记起来。“你看他连自己是谁都闹不清了。”护士长说。但 2 床却因此越来越让人喜欢。因为“局长”也是名词也在被忘之列，我们之间的关系日益平等、融洽。有一天他问我：“你是干什么的？”我说：“插队的。”2 床说他的“那个”也是，两个“那个”都是，他在高出他半个头的地方比画一下：“就是那两个，我自己养的。”“您是说您的两个儿子？”他说对，儿子。他说好哇，革命嘛就不能怕苦，就是要去结合。他说：“我们当初也是从那儿出来的嘛。”我说：“农村？”“对对对。什么？”“农村。”“对对对，农村。别忘本呀！”我说是。我说：“您的家乡是哪儿？”他于是抱着头想好久。这一回我也没办法提醒他。最后他骂一句，不想了，说：“我也放过那玩意儿。”他在头顶上伸直两个手指。“是牛吗？”他摇摇头，手往低处一压。“羊？”“对了，羊。我放过羊。”他躺下，双手垫在脑后，甜甜蜜蜜地望着天花板老半天不言语。大夫说他这病叫作“角回综合征，命名性失语”，并不影响其他记忆，尤其是遥远的往事更都记得清楚。我想局长到底是局长，比我会得病。他忽然又坐起来："我的那个，喂，小什么来？""小儿子？""对！"他怒气冲冲地跳到地上，说："那个小玩意儿，娘个×！"说："他要去结合，我说好嘛我支持。"说："他来信要钱，说要办个这个。"他指了指周围，我想"那个小玩意儿"可能是要办个医疗站。他说："好嘛，要多少？我给。可那个小玩意儿！"他背着手气哼哼地来回走，然后停住，两手一摊，"可他又要在那儿结婚！""在农村？""对。农村。""跟农民？""跟农民。"无论是根据我当时的思想觉悟，还是根据报纸电台当时的宣传倡导，这都是值得肃然起敬的。"扎根派。"我钦佩地说。"娘了个×派！"他说，"可你还要不要回来嘛！"这下我有点发蒙。见我愣着，他又一跺脚，补充道："可你还要不要革命？"这下我懂了，先不管革命是什么，2床的坦诚却令人欣慰。不必去操心那些玄妙的逻辑了。整个冬天就快过去，我反倒拄着拐杖都走不到院子里去了，双腿日甚一日地麻木，肌肉无可遏止地萎缩，这才是需要发愁的。我能住到7号来，事实上是因为大夫护士们都同情我。因为我还这么年轻，因为我是自费医疗，因为大夫护士都已经明白我这病的前景极为不妙，还因为我爱读书——在那个"知识越多越反动"的年代，大夫护士们尤为喜爱一个爱读书的孩子。他们还把我当孩子。他们的孩子有不少也在插队。护士长好几次在我母亲面前夸我，最后总是说："唉，这孩子啊……"这一声叹，暴露了当代医学的爱莫能助。他们没有别的办法帮助我，只能让我住得好一点，安静些，读读书吧——他们可能是想，说不定书中能有"这孩子"一条路。可我已经没了读书的兴致。整日躺在床上，听各种脚步从门外走过；希望他们停下来，推门进来，又希望他们千万别停，走过去走他们的路去别来烦我。心里荒荒凉凉地祈祷：上帝如果你不收我回去，就把能走路的腿也给我留下！我确曾在没人的时候双手合十，出声地向神灵许过愿。多年以后才听一位无名的哲人说过：危卧病榻，难有无神论者。如今来想，有神无神并不值得争论，但在命运的混沌之点，人自然会忽略了科学，向虚冥之中寄托一份虔敬的祈盼。正如迄今人类最美好的向往也都没有实际的验证，但那向往并不因此消灭。主管大夫每天来查房，每天都在我的床前停留得最久："好吧，别急。"按规矩主任每星期查一次房，可是几位主任时常都来看看我："感觉怎么样？嗯，一定别着急。"有那么些天全科的大夫都来看我，八小时以内或以外，单独来或结队来，检查一番各抒主张，然后都对我说："别着急，好吗？千万别急。"从他们谨慎的言谈中我渐渐明白了一件事：我这病要是因为一个肿瘤的捣鬼，把它打出来切下去随便扔到一个垃圾桶里，我就还能直立行走，否则我多半就是把祖先数百万年进化而来的这一优势给弄丢了。

窗外的小花园里已是桃红柳绿，二十二个春天没有哪一个像这样让人心抖。我已经不敢去羡慕那些在花丛树行间漫步的健康人和在小路上打羽毛球的年轻人。我记得我久久地看过一个身着病号服的老人，在草地上踱着方步晒太阳。只要这样，我只想要这样！只要能这样就行了就够了！我回忆脚踩在软软的草地上是什么感觉，想走到哪儿就走到哪儿是什么感觉，踢一颗路边的石子，踢着它走是什么感觉。没这样回忆过的人不会相信，那竟是回忆不出来的！老人走后我仍呆望着那块草地，阳光在那儿慢慢地淡薄，脱离，凝作一缕孤哀凄寂的红光，一步步爬上墙，爬上楼顶……我写下一句歪诗：轻拨小窗看春色，漏入人间一斜阳。日后我摇着轮椅特意去看过那块草地，并从那儿张望7号的窗口，猜想那玻璃后面现在住的谁，上帝打算为他挑选什么前程。当然，上帝用不着征求他的意见。我乞求，上帝不过是在和我开着一个临时的玩笑——在我的脊椎里装进了一个良性的瘤子。对对，它可以长在椎管内，但必须要长在软膜外，那样才能把它剥离而不损坏那条珍贵的脊髓。“对不对，大夫？”“谁告诉你的？”“对不对吧？”大夫说：“不过，看来不太像肿瘤。”我用目光在所有的地方写下“上帝保佑”，我想，或许把这四个字写到千遍万遍就会赢得上帝的怜悯，让它是个瘤子，一个善意的瘤子。要么干脆是个恶毒的瘤子，能要命的那一种，那也行。总归得是瘤子，上帝！朋友送了我一包莲子，无聊时我捡几颗泡在瓶子里，想，赌不赌一个愿？——要是它们能发芽，我的病就不过是个瘤子。但我战战兢兢地一直没敢赌。谁料几天后莲子竟都发芽。我想好吧我赌！我想其实我压根儿是倾向于赌的。我想倾向于赌事实上就等于是赌了。我想现在我还敢赌——它们一定能长出叶子！（这是明摆着的。）我每天给它们换水，早晨把它们移到窗台西边，下午再把它们挪到东边，让它们总在阳光里；为此我抓住床栏走，扶住窗台走，几米路我走得大汗淋漓。这事我不说，没人知道。不久，它们长出一片片圆圆的叶子来。“圆”，又是好兆。我更加周到地伺候它们，坐回床上气喘吁吁地望着它们，夜里醒来在月光中也看看它们：好了，我要转运了。并且忽然注意到“莲”与“怜”谐音，毕恭毕敬地想：上帝终于要对我发发慈悲了吧？这些事我不说没人知道。叶子长出了瓶口，闲人要去摸，我不让。他们硬是摸了呢，我便在心里加倍地祈祷几回。这些事我不说，现在也没人知道。然而科学胜利了，它三番五次地说那儿没有瘤子，没有没有。果然，上帝直接在那条娇嫩的脊髓上做了手脚！定案之日，我像个冤判的屈鬼那样疯狂地作乱，挣扎着站起来，心想干吗不能跑一回给那个没良心的上帝瞧瞧！后果很简单，如果你没摔死你必会明白：确实，你干不过上帝。

我终日躺在床上一言不发，心里先是完全的空白，随后由着一个“死”字去填满。王主任来了。（那个老太太，我永远忘不了她。还有张护士长。八年以后和十七年以后，我两次真的病到了死神门口，全靠这两位老太太又把我抢下来。）我面向墙躺着，王主任坐在我身后许久不说什么，然后说了，话并不多，大意是：还是看看书吧，你不是爱看书吗？人活一天就不要白活。将来你工作了，忙得一点时间都没有，你会后悔这段时光就让它这么白白地过去了。这些话当然并不能打消我的死念，但这些话我将受用终生，在以后的若干年里我频繁地对死神抱有过热情，但在未死之前我一直记得王主任这些话，因而还是去做些事。使我没有去死的原因很多（我在另外的文章里写过），“人活一天就不要白活”亦为其一，慢慢地去做些事于是慢慢地有了活的兴致和价值感。有一年我去医院看她，把我写的书送给她，她已是满头白发了，退休了，但照常在医院里从早忙到晚。我看着她想，这老太太当年必是心里有数，知道我还不至于去死，所以她单给我指一条活着的路。可是我不知道当年我搬离7号后，是谁最先在那儿发现过一团电线？并对此做过什么推想？那是个秘密，现在也不必说。假定我那时真的去死了呢？我想找一天去问问王主任。我想，她可能会说“真要去死那谁也管不了”，可能会说“要是你找不到活着的价值，迟早还是想死”，可能会说“想一想死倒也不是坏事，想明白了倒活得更自由”，可能会说“不，我看得出来，你那时离死神还远着呢，因为你有那么多好朋友”。

友谊医院——这名字叫得好。“同仁”“协和”“博爱”“济慈”，这样的名字也不错，但或稍嫌冷静，或略显张扬，都不如“友谊”听着那么平易、亲近。也许是我的偏见。二十一岁末尾，双腿彻底背叛了我，我没死，全靠着友谊。还在乡下插队的同学不断写信来，软硬兼施劝骂并举，以期激起我活下去的勇气；已转回北京的同学每逢探视日必来看我，甚至非探视日他们也能进来。“怎进来的你们？”“咳，闭上一只眼睛想一会儿就进来了。”这群插过队的，当年可以凭一张站台票走南闯北，甭担心还有他们走不通的路。那时我搬到了加号。加号原来不是病房，里面有个小楼梯间，楼梯间弃置不用了，余下的地方仅够放一张床，虽然窄小得像一节烟筒，但毕竟是单间，光景固不可比十级，却又非十一级可比。这又是大夫护士们的一番苦心，见我的朋友太多，都是少男少女难免说笑得不管不顾，既不能影响了别人又不可剥夺了我的快乐，于是给了我十点五级的待遇。加号的窗口朝向大街，我的床紧挨着窗，在那儿我度过了二十一岁中最惬意的时光。每天上午我就坐在窗前清清静静地读书，很多名著我都是在那时读到的，也开始像模像样地学着外语。一过中午，我便直着眼睛朝大街上眺望，尤其注目骑车的年轻人和 5 路汽车的车站，盼着朋友们来。有那么一阵子我暂时忽略了死神。朋友们来了，带书来，带外面的消息来，带安慰和欢乐来，带新朋友来，新朋友又带新的朋友来，然后都成了老朋友。以后的多少年里，友谊一直就这样在我身边扩展，在我心里深厚。把加号的门关紧，我们自由地嬉笑怒骂，毫无顾忌地议论世界上所有的事，高兴了还可以轻声地唱点什么——陕北民歌，或插队知青自己的歌。晚上朋友们走了，在小台灯幽寂而又喧嚣的光线里，我开始想写点什么，那便是我创作欲望最初的萌生。我一时忘记了死。还因为什么？还因为爱情的影子在隐约地晃动。那影子将长久地在我心里晃动，给未来的日子带来幸福也带来痛苦，尤其带来激情，把一个绝望的生命引领出死谷。无论是幸福还是痛苦，都会成为永远的珍藏和神圣的纪念。

二十一岁、二十九岁、三十八岁，我三进三出友谊医院，我没死，全靠了友谊。后两次不是我想去勾结死神，而是死神对我有了兴趣。我高烧到四十多摄氏度，朋友们把我抬到友谊医院，内科说没有护理截瘫病人的经验，柏大夫就去找来王主任，找来张护士长，于是我又住进神内病房。尤其是二十九岁那次，高烧不退，整天昏睡、呕吐，差不多三个月不敢闻饭味，光用血管去喝葡萄糖，血压也不安定，先是低压升到一百二，接着高压又降到六十，大夫们一度担心我活不过那年冬天了——肾，好像是接近完蛋的模样，治疗手段又像是接近于无了。我的同学找柏大夫商量，他们又一起去找唐大夫。要不要把这事告诉我父亲？他们决定：不。告诉他，他还不是白着急？然后他们分了工：死的事由我那同学和柏大夫管，等我死了由他们去向我父亲解释；活着的我由唐大夫多多关照。唐大夫说："好，我可以以教学的理由留他在这儿，他活一天就还要想一天办法。"当然，这些事都是我后来听说的。真是人不当死鬼神奈何其不得，冬天一过我又活了，看样子极可能活到下一个世纪去。唐大夫就是当年把我接进10号的那个大夫，就是那个步履轻盈温文尔雅的女大夫，但八年过去她已是两鬓如霜了。又过了九年，我第三次住院时唐大夫已经不在。听说我又来了，科里的老大夫、老护士们都来看我，问候我，夸我的小说写得还不错，跟我叙叙家常，唯唐大夫不能来了。我知道她不能来了，她不在了。我曾摇着轮椅去给她送过一个小花圈，大家都说："她是累死的，她肯定是累死的！"我永远记得她把我迎进病房的那个中午，她贴近我的耳边轻轻柔柔地问："午饭吃了没？"倏忽之间，怎么，她已经不在了？她不过才五十岁出头。这事真让人哑口无言，总觉得不大说得通，肯定是谁把逻辑摆弄错了。

但愿柏大夫这一代的命运会好些。实际只是当着众多病人时我才叫她柏大夫。平时我叫她"小柏"，她叫我"小史"。她开玩笑时自称是我的"私人保健医"，不过这不像玩笑这很近实情。近两年我叫她"老柏"她叫我"老史"了。十九年前的深秋，病房里新来个卫生员，梳着短辫儿，戴一条长围巾，穿一双黑灯芯绒鞋，虽是一口地道的北京城里话，却满身满脸的乡土气尚未退尽。"你也是插队的？"我问她。"你也是？"听得出来，她早已知道了。"你哪届？""老初二，你呢？""我六八，老初一。你哪儿？""陕北。你哪儿？""我内蒙。"这就行了，全明白了，这样的招呼是我们这代人的专利，这样的问答立刻把我们拉近。我料定，几十年后这样的对话仍会在一些白发苍苍的人中间流行，仍是他们之间最亲切的问候和最有效的沟通方式；后世的语言学者会煞费苦心地对此做一番考证，正儿八经地写一篇论文去得一个学位。而我们这代人是怎样得一个学位的呢？十四五岁停学，十七八岁下乡，若干年后回城，得一个最被轻视的工作，但在农村待过了还有什么工作不能干的呢？同时学心不死业余苦读，好不容易上了个大学，毕业之后又被轻视——因为真不巧你是个“工农兵学员”，你又得设法摘掉这个帽子，考试考试考试，这代人可真没少考试，然后用你加倍的努力让老的少的都服气，用你的实际水平和能力让人们相信你配得上那个学位——这就是我们这代人得一个学位的典型途径。这还不是最坎坷的途径。“小柏”变成“老柏”，那个卫生员成为柏大夫，大致就是这么个途径，我知道，因为我们已是多年的朋友。她的丈夫大体上也是这么走过来的，我们都是朋友了；连她的儿子也叫我“老史”。闲下来细细去品，这个“老史”最令人羡慕的地方，便是一向活在友谊中。真说不定，这与我二十一岁那年恰恰住进了“友谊”医院有关。

因此偶尔有人说我是活在世外桃源，语气中不免流露了一点讥讽，仿佛这全是出于我的自娱甚至自欺。我颇不以为然。我既非活在世外桃源，也从不相信有什么世外桃源。但我相信世间桃源，世间确有此源，如果没有恐怕谁也就不想再活；倘此源有时弱小下去，依我看，至少讥讽并不能使其强大。千万年来它作为现实，更作为信念，这才不断。它源于心中再流入心中，它施于心又由于心，这才不断。欲其强大，舍心之虔诚又向何求呢？

也有人说我是不是一直活在童话里，语气中既有赞许又有告诫。赞许并且告诫，这很让我信服。赞许既在，告诫并不意指人们之间应该加固一条防线，而只是提醒我：童话的缺憾不在于它太美，而在于它必要走进一个更为纷繁而且严酷的世界，那时只怕它太娇嫩。

事实上在二十一岁那年，上帝已经这样提醒我了，他早已把他的超级童话和永恒的谜语向我略露端倪。

住在4号时，我见过一个男孩。他那年七岁，家住偏僻的山村，有一天传说公路要修到他家门前了，孩子们都翘首以待好梦联翩。公路终于修到，汽车终于开来，乍见汽车，孩子们惊讶兼着胆怯，远远地看。日子一长孩子便有奇想，发现扒住卡车的尾巴可以威风凛凛地兜风，他们背着父母玩得好快活。可是有一次，只一次，这七岁的男孩失手从车上摔了下来。他住进医院时已经不能跑，四肢肌肉都在萎缩。病房里很寂寞，孩子一瘸一瘸地到处串，淘得过分了，病友们就说他："你说说你是怎么伤的？"孩子立刻低了头，老老实实地一动不动。"说呀！""说，因为什么？"孩子嗫嚅着。"喂，怎么不说呀？给忘啦？""因为扒汽车。"孩子低声说。"因为淘气。"孩子补充道。他在诚心诚意地承认错误。大家都沉默，除了他自己谁都知道：这孩子伤在脊髓上，那样的伤是不可逆的。孩子仍不敢动，规规矩矩地站着，用一双正在萎缩的小手擦眼泪。终于会有人先开口，语调变得哀柔："下次还淘不淘了？"孩子很熟悉这样的宽容或原谅，马上使劲摇头："不，不，不了！"同时松了一口气。但这一回不同以往，怎么没有人接着向他允诺"好啦，只要改了就还是好孩子"呢？他睁大眼睛去看每一个大人，那意思是：还不行吗？再不淘气了还不行吗？他不知道，他还不懂，命运中有一种错误是只能犯一次的，并没有改正的机会，命运中有一种并非是错误的错误（比如淘气，是什么错误呢），但它却是不被原谅的。那孩子小名叫“五蛋”，我记得他，那时他才七岁，他不知道，他还不懂。未来，他势必有一天会知道，可他势必有一天就会懂吗？但无论如何，那一天就是一个童话的结尾。在所有童话的结尾处，让我们这样理解吧：上帝为锤炼生命，将布设下一个残酷的谜语。

住在6号时，我见过一对恋人。那时他们正是我现在的年纪，四十岁。他们是大学同学。男的二十四岁时本来就要出国留学，日期已定，行装都备好了。可命运无常，不知因为什么屁大的一点事不得不拖延一个月，偏就在这一个月里因为一次医疗事故他瘫痪了。女的对他一往情深，等着他，先是等着他病好，没等到；然后还等着他，等着他同意跟她结婚，还是没等到。外界的和内心的阻力重重，一年一年，男的既盼着她来又说服着她走。但一年一年，病也难逃爱也难逃，女的就这么一直等着。有一次她狠了狠心，调离北京到外地去工作了，但是斩断感情却不这么简单，而且再想调回北京也不这么简单，女的只要有三天假期就迢迢千里地往北京跑。男的那时病更重了，全身都不能动了，和我同住一个病室。女的走后，男的对我说过：你要是爱她，你就不能害她，除非你不爱她，可是你又为什么要结婚呢？男的睡着了，女的对我说过：我知道他这是爱我，可他不明白其实这是害我，我真想一走了事，我试过，不行，我知道我没法不爱他。女的走了男的又对我说过：不不，她还年轻，她还有机会，她得结婚，她这人不能没有爱。男的睡了女的又对我说过：可什么是机会呢？机会不在外面在心里，结婚的机会有可能在外边，可爱情的机会只能在心里。女的不在时，我把她的话告诉男的，男的默然垂泪。

我问他:“你干吗不能跟她结婚呢?”他说:“这你还不懂。”他说:“这很难说得清，因为你活在整个这个世界上。”他说:“所以，有时候这不是光由两个人就能决定的。”我那时确实还不懂。我找到机会又问女的:“为什么不是两个人就能决定的?”她说:“不，我不这么认为。”她说:“不过确实，有时候这确实很难。”她沉吟良久，说:“真的，跟你说你现在也不懂。”十九年过去了，那对恋人现在该已经都是老人。我不知道现在他们各自在哪儿，我只听说他们后来还是分手了。十九年中，我自己也有过爱情的经历了，现在要是有个二十一岁的人问我爱情都是什么，大概我也只能回答：真的，这可能从来就不是能说得清的。无论她是什么，她都很少属于语言，而是全部属于心的。还是那位台湾作家三毛说得对：爱如禅，不能说不能说，一说就错。那也是在一个童话的结尾处，上帝为我们能够永远地追寻着活下去，而设置的一个残酷却诱人的谜语。

二十一岁过去，我被朋友们抬着出了医院，这是我走进医院时怎么也没料到的。我没有死，也再不能走，对未来怀着希望也怀着恐惧。在以后的年月里，还将有很多我料想不到的事发生，我仍旧有时候默念着“上帝保佑”而陷入茫然。但是有一天我认识了神，他有一个更为具体的名字——精神。在科学的迷茫之处，在命运的混沌之点，人唯有乞灵于自己的精神。不管我们信仰什么，都是我们自己的精神的描述和引导。

寒风吹彻

刘亮程

冬天总是一年一年地弄冷一个人，
先是一条腿、一块骨头、一副表情、一种心境……
而后是整个人生。

雪落在那些年雪落过的地方，我已经不注意它们了。比落雪更重要的事情开始降临到生活中。三十岁的我，似乎对这个冬天的来临漠不关心，却又一直在倾听落雪的声音，期待着又一场雪悄无声息地覆盖村庄田野。

我静坐在屋子里，火炉上烤着几片馍馍，一小碟咸菜放在炉旁的木凳上，屋里光线暗淡。许久以后我还记起我在这样的一个雪天，围抱火炉，吃咸菜啃馍馍，想着一些人和事情，想得深远而入神。柴火在炉中啪啪地燃烧着，炉火通红，我的手和脸都烤得发烫了，脊背却依旧凉飕飕的。寒风正从我看不见的一道门缝吹进来。冬天又一次来到村里，来到我的家。我把怕冻的东西一一搬进屋子，糊好窗户，挂上去年冬天的棉门帘，寒风还是进来了。它比我更熟悉墙上的每一道细微裂缝。

就在前一天，我似乎已经预感到大雪来临。我劈好足够烧半个月的柴火，整齐地码在窗台下。把院子扫得干干净净，无意中像在迎接一位久违的贵宾——把生活中的一些事情扫到一边，腾出干净的一片地方来让雪落下。下午我还走出村子，到田野里转了一圈。我没顾上割回来的一地葵花秆，将在大雪中站一个冬天。每年下雪之前，都会发现有一两件顾不上干完的事而被搁一个冬天。冬天，有多少人放下一年的事情，像我一样用自己那只冰手，从头到尾地抚摸自己的一生。

屋子里更暗了，我看不见雪。但我知道雪在落，漫天地落。落在房顶和柴垛上，落在扫干净的院子里，落在远远近近的路上。我要等雪落定了再出去。我再不像以往，每逢第一场雪，都会怀着莫名的兴奋，站在屋檐下观看好一阵；或光着头钻进大雪中，好像有意要让雪知道世上有我这样一个人，却不知道寒冷早已盯住了自己活蹦乱跳的年轻生命。

经过许多个冬天之后，我才渐渐明白自己再躲不过雪，无论我蜷缩在屋子里，还是远在冬天的另一个地方，纷纷扬扬的雪，都会落在我正经历的一段岁月里。当一个人的岁月像荒野一样敞开时，他便再无法照管好自己。

就像现在，我紧围着火炉，努力想烤热自己。我的一根骨头，却露在屋外的寒风中，隐隐作痛。那是我多年前冻坏的一根骨头，我再不能像捡一根牛骨头一样，把它捡回火炉旁烤热。它永远地冻坏在那段天亮前的雪路上了。

那个冬天我十四岁，赶着牛车去沙漠里拉柴火。那时一村人都靠长在沙漠里的梭梭柴取暖过冬。因为不断砍挖，有柴火的地方越来越远，往往要用一天半的时间才能拉回一车柴火。每次去拉柴火，都是母亲半夜起来做好饭，装好水和馍馍，然后叫醒我。有时父亲也会起来帮我套好车。我对寒冷的认识是从那些夜晚开始的。

牛车一走出村子，寒冷便从四面八方拥围而来，把我从家里带出的那点温暖搜刮得一干二净，浑身上下只剩下寒冷。

那个夜晚并不比其他夜晚更冷。

只是我一个人赶着牛车进沙漠。以往牛车一出村，就会听到远远近近的雪路上其他牛车的走动声，赶车人隐约的吆喝声。只要紧赶一阵路，便会追上一驾或好几驾去拉柴的牛车，一长串，缓行在铅灰色的冬夜里。那种夜晚天再冷也不觉得。因为寒风在吹好几个人，同村的、邻村的、认识和不认识的好几驾牛车在这条夜路上抵挡着寒冷。

而这次，一夜的寒风吹着我一个人。似乎寒冷把其他一切都收拾掉了。现在全部地对付我。

我裹紧羊皮大衣，一动不动趴在牛车里，不敢大声吆喝牛，免得让更多的寒冷发现我。从那个夜晚开始我懂得了隐藏温暖——在凛冽的寒风中，身体中那点温暖正一步步退守到一个隐秘得连我自己都难以找到的深远处——我把这点隐深的温暖节俭地用于此后多年的爱情和生活。我的亲人们说我是个很冷的人，不是的，我把仅有的温暖全给了你们。

许多年后有一股寒风，从我自以为火热温暖的、从未被寒冷浸入的内心深处阵阵袭来时，我才发现穿再厚的棉衣也没用了。生命本身有一个冬天，它已经来临。

天亮后，牛车终于到达有柴火的地方。我的一条腿却被冻僵了，失去了感觉。我试探着用另一条腿跳下车，拄着一根柴火棒活动了一阵，又点了一堆火烤了一会儿，勉强可以行走了，腿上的一块骨头却生疼起来，是我从未体验过的一种疼，像一根根针刺在骨头上又狠命往骨髓里钻——这种疼感一直延续到以后所有的冬天以及夏季里阴冷的日子。

太阳落地时，我装着半车柴火回到家里，父亲一见就问我：“怎么拉了这点柴，不够两天烧的。”我没吭声，也没向家里说腿冻坏的事。

我想很快会暖和过来。

那个冬天要是稍短些，家里的火炉要是稍旺些，我要是稍把这条腿当回事，或许我能暖和过来。可是现在不行了。隔着多少个季节，今夜的我，围抱火炉，再也暖不热那个遥远冬天的我，那个在上学路上不慎掉进冰窟窿，浑身是冰往回跑的我；那个跺着冻僵的双脚，捂着耳朵在一扇门外焦急等待的我……我再不能把他们唤回这个温暖的火炉旁。我准备了许多柴火，是准备给这个冬天的。我才三十岁，肯定能走过冬天。

但在我周围，肯定有个别人不能像我一样度过冬天。他们被留住了。冬天总是一年一年地弄冷一个人，先是一条腿、一块骨头、一副表情、一种心境……而后是整个人生。

我曾在一个寒冷的早晨，把一个浑身结满冰霜的路人让进屋子，给他倒了一杯热茶。那是个上了年纪的人，身上带着许多个冬天的寒冷，当他坐在我的火炉旁时，炉火须臾间变得苍白。我没有问他的名字，在火炉的另一边，我感觉到迎面逼来的一个老人的透骨寒气。

他一句话不说。我想他的话肯定全冻硬了，得过一阵才能化开。

大约坐了半个时辰，他站起来，朝我点了一下头，开门走了。我以为他暖和过来了。

第二天下午，听人说村西边冻死了一个人。我跑过去，看见这个上了年纪的人躺在路边，半边脸埋在雪中。

我第一次看到一个人被冻死。

我不敢相信他已经死了。他的生命中肯定还深藏着一点温暖，只是我们看不见。一个人最后的微弱挣扎我们看不见，呼唤和呻吟我们听不见。

我们认为他死了。彻底地冻僵了。

他的身上怎么能留住一点点温暖呢。靠什么去留住？他的烂了几个洞、棉花露在外面的旧棉衣？底快磨通、一边帮已经脱落的那双鞋？还有，他多少个冬天积累起来的彻骨寒冷？

落在一个人一生中的雪，我们不能全部看见。每个人都在自己的生命中，孤独地过冬。我们帮不了谁。我的一小炉火，对这个贫寒一生的人来说，显然微不足道。他的寒冷太巨大。

我有一个姑妈，住在河那边的村庄里，许多年前的那些个冬天，我们兄弟几个常走过封冻的玛河去看望她。每次临别前，姑妈总要说一句：天热了让你妈过来喧喧。

姑妈年老多病，她总担心自己过不了冬天。天一冷她便足不出户，偎在一间矮土屋里，抱着火炉，等待春天来临。

一个人老的时候，是那么渴望春天来临。尽管春天来了她没有一片要抽芽的叶子，没有半瓣要开放的花朵。春天只是来到大地上，来到别人的生命中。但她还是渴望春天，她害怕寒冷。

我一直没有忘记姑妈的这句话，也不止一次地把它转告给母亲。母亲只是望望我，又忙着做她的活儿。母亲不是一个人在过冬，她有五六个没长大的孩子，她要拉扯着他们度过冬天，不让一个孩子受冷。她和姑妈一样期盼着春天。

天热了，母亲会带着我们，蹚过河，到对岸的村子里看望姑妈。姑妈也会走出蜗居一冬的土屋，在院子里晒着暖暖的太阳和我们说说笑笑……多少年过去了，我们一直没有等到这个春天。好像姑妈那句话中的“天”一直没有热。

姑妈死在几年后的一个冬天。我回家过年，记得是大年初四，我陪着母亲沿一条即将解冻的马路往回走。母亲在那段路上告诉我姑妈去世的事。她说:“你姑妈死掉了。”

母亲说得那么平淡，像在说一件跟死亡无关的事情。

“怎么死的？”我似乎问得更平淡。

母亲没有直接回答我。她只是说:“你大哥和你弟弟过去帮助料理了后事。”

此后的好一阵，我们再没说话，只顾静静地走路。快到家门口时，母亲说了句：天热了。

我抬头看了看母亲，她的身上散着热气，或许是走路的缘故，不过天气真的转热了。对母亲来说，这个冬天已经过去了。

“天热了让你妈过来喧喧。”我又想起姑妈的这句话。这个春天再不属于姑妈了。她熬过了许多个冬天，还是被这个冬天留住了。我想起奶奶也是死在多年前的冬天。母亲还活着。我们在世上的亲人会越来越少。我告诉自己，不管天冷天热，我都常过来和母亲坐坐。

母亲拉扯大她的七个儿女。她老了。我们长高长大的七个儿女，或许能为母亲挡住一丝的寒冷。每当儿女们回到家里，母亲都会特别高兴，家里也顿添热闹的气氛。

但母亲斑白的双鬓分明让我感到她一个人的冬天已经来临，那些雪开始不退、冰霜开始不融化——无论春天来了，还是儿女们的孝心和温暖备至。

随着三十年的人生距离，我感受着母亲独自在冬天的透心寒冷。我无能为力。

雪越下越大。天彻底黑透了。

我围抱着火炉，烤热漫长一生的一个时刻。我知道这一时刻之外，我其余的岁月，我的亲人们的岁月，远在屋外的大雪中，被寒风吹彻。

甘美的回味

丰子恺

我须得用了“如临大敌”的态度而弹琴，
用了“如见大宾”的态度而听人演奏。

有一次我偶得闲暇，温习从前所学过的弹琴课。一位朋友拍拍我的肩膀说道：“你们会音乐的真是幸福，寂寞起来弹一曲琴，多么舒服！唉，我的生活太枯燥了。我儿时也想学些音乐，调剂调剂呢。”

我不能首肯于这位朋友的话，想向他抗议。但终于没有对他说什么。因为伴着拍肩膀而来的话，态度十分肯定而语气十分强重，似乎会跟了他的手的举动而拍进我的身体中，使我无力推辞或反对。倘使我不承认他的话而欲向他抗议，似乎须得还他一种比拍肩膀更重要一些的手段——例如跳将起来打他几个巴掌——而说话，才配得上抗议。但这又何必呢。用了拍肩膀的手段而说话的人，大都是自信力极强的人，他的话是他一人的法律，我实无须向他辩解。我不过在心中暗想他的话的意思，而独在这里记录自己的感想而已。

这朋友说我“寂寞起来弹一曲琴，多么舒服”，实在是冤枉了我！因为我回想自己的学习音乐的经过，只感到艰辛与严肃，却从未因了学习音乐而感到舒服。

记得十六七年前我在杭州第一师范读书的时候，最怕的功课是“还琴”。我们虽是一所普通的初级师范学校，但音乐一科特别注重，全校有数十架学生练习用的五组风琴，和还琴用的一架大风琴，唱歌用的一架大钢琴。李叔同先生每星期教授我们弹琴一次。先生先把新课弹一遍给我们看，略略指导了弹法的要点，就令我们各自回去练习。一星期后我们须得练习纯熟而来弹给先生看，这就叫作“还琴”。但这不是由教务处排定在课程表内的音乐功课，而是先生给我们规定的课外修业。故还琴的时间，总在下午二十分至一时之间，即午膳后至第一课之间的四十分钟内，或下午六时二十分至七时之内，即夜饭后至晚间自修课之间的四十分钟内。我们自己练习琴的时间则各人各便，大都在下午课余，教师请假的时间，或晚上。总之，这弹琴全是课外修业。但这课外修业实际比较一切正课都艰辛而严肃。这并非我个人特殊感觉，我们的同学们讲起还琴都害怕。我每逢轮到还琴的一天，饭总是不吃饱的。我在十分钟内了结吃饭与盥洗二事，立刻挟了弹琴讲义，先到练琴室内去，抱了一下佛脚，然后心中带了一块沉重的大石头而走进还琴教室去。我们的先生——他似乎是不吃饭的——早已静悄悄地等候在那里。大风琴上的谱表与音栓都已安排妥帖，显出一排雪白的键板，犹似一件怪物张着阔大的口，露出一口雪白的牙齿而蹲踞着，在那里等候我们的来到。

先生见我进来，立刻给我翻出我今天所应还的一课来，他对于我们各人弹琴的进程非常熟悉，看见一人就记得他弹到什么地方。我坐在大风琴边，悄悄地抽了一口大气，然后开始弹奏了，先生不逼近我，也不正面督视我的手指，而斜立在离开我数步的桌旁。他似乎知道我心中的状况，深恐逼近我督视时，易使我心中慌乱而手足失措，所以特地离开一些。但我确知他的眼睛是不绝地在斜注我的手上的。因为不但遇到我按错一个键板的时候他知道，就是键板全不按错而用错了一根手指时，他的头便急速地回转，向我一看，这一看表示通不过。先生指点乐谱，令我从某处重新弹起。小错从乐句开始处重弹，大错则须从乐曲开始处重弹。有时重弹幸而通过了，但有时越是重弹，心中越是慌乱而错误越多。这还琴便不能通过。先生用和平而严肃的语调低声向我说，“下次再还”，于是我只得起身离琴，仍旧带了心中这块沉重的大石头而走出还琴教室，再去加上刻苦练习的工夫。

我们的先生的教授音乐是这样的严肃的。但他对于这样严肃的教师生活，似乎还不满足，后来就做了和尚而度更严肃的生活了。同时我也就毕业离校，入社会谋生，不再练习弹琴。但弹琴一事，在我心中永远留着一个严肃的印象，从此我不敢轻易地玩弄乐器了。毕业后两年，我一朝脱却了谋生的职务，而来到了东京的市中。东京的音乐空气使我对从前的艰辛严肃的弹琴练习发生一种甘美的回味。我费四十五块钱买了一口提琴，再费三块钱向某音乐研究会买了一张入学证，便开始学习提琴了。记得那正是盛夏的时候。我每天下午一时来到这音乐研究会的练习室中，对着了一面镜子练习提琴，一直练到五点半钟而归寓。其间每练习五十分钟，休息十分钟。这十分间非到隔壁的冰店里喝一杯柠檬刨冰，不能继续下一小时的练习。一星期之后，我左手上四个手指的尖端的皮都破烂了。起初各指尖上长出一个白泡，后来泡皮破裂，露出肉和水来。这些破烂的指尖按到细而紧张的钢丝制的E弦上，感到针刺般的痛楚，犹如一种肉刑！但提琴先生笑着对我说："这是学习提琴所必经的难关。你现在必须努力继续练习，手指任它破烂，后来自会结成一层老皮，难关便通过了。"他伸出自己的左手来给我摸，"你看，我指尖上的皮多么老！起初也曾像你一般破烂过；但是难关早已通过了。倘使现在怕痛而停止练习，以前的工夫便都枉费，而你从此休想学习提琴了。"我信奉这提琴先生的忠告，依旧每日规定四个半钟头而刻苦练习，按时还琴。后来指尖上果然结皮，而练习亦渐入艰深之境。以前从李先生学习弹琴时所感到的一种艰辛严肃的况味，这时候我又实际地尝到了。但滋味和从前有些不同：因为从前监督我刻苦地练习风琴的，是对于李先生的信仰心；现在监督我刻苦地练习提琴的，不是对于那个提琴先生的信仰心，而是我的自励心。那个提琴先生的教课，是这音乐研究会的会长用了金钱而论钟点买来的。我们也是用金钱间接买他的教课的。他规定三点钟到会，五点钟退去，在这两小时的限度内尽量地教授我们提琴的技术，原可说是一种公平的交易。而且像我这远来的外国人，也得凭仗了每月三块钱的学费的力，而从这提琴先生受得平等的教授与忠告，更是可感谢的事。然而他对我的雄辩的忠告，在我觉得远不及低声的"下次再还"四个字的有效。我的刻苦地练习提琴，还是出于我自己的勉励心的，先生的教授与忠告不过供给知识与参考而已。我在这音乐研究所中继续练习了提琴四个多月，即便回国。我在那里熟习了三册提琴教则本和几曲 light opera melodies（轻歌剧旋律）。和我同室而同时开始练习提琴的，有一个出胡须的医生和一个法政学校的学生。但他们并不每天到会，因此进步都很迟，我练完第三册教则本时，他们都还只练完第一册。他们每嫌先生的教授短简而不详，不能使他们充分理解，常常来问我弹奏的方法。我尽我所知地告诉他们。我回国以后，这些同学和先生都成了梦中的人物。后来我的提琴练习废止了。但我时时念及那位医生和法政学生，不知他们的提琴练习后来进境如何。现在回想起来，他们当时进步虽慢，但炎夏的练习室中的苦况，到底比我少消受一些。他们每星期不过到练习室三四次，每次不过一二小时。而且在练习室中挥扇比拉琴更勤。我呢，犹似在那年的炎夏中和提琴作了一场剧烈的奋斗，而终于退守。那个医生和法政学生现在已由渐渐的进步而成为日本的 violinist（小提琴家）也未可知；但我的提琴上已堆积灰尘，我的手指已渐僵硬，所赢得的只是对于提琴练习的一个艰辛严肃的印象。

我因有上述的经验，故说起音乐演奏，总觉得是一种非常严肃的行为。我须得用了“如临大敌”的态度而弹琴，用了“如见大宾”的态度而听人演奏。弹过听过之后，只感到兴奋的疲倦，绝未因此而感到舒服。所以那个朋友拍着我的肩膀而说的话，在我觉得冤枉，不能首肯。难道是我的学习法不正，或我所习的乐曲不良吗？但我是依据了世界通用的教则本，服从了先生的教导，而忠实地实行的。难道世间另有一种娱乐的音乐教则本与娱乐的音乐先生吗？这疑团在我心中久不能释。有一天我在某学校的同乐会的席上恍然地悟到了。

同乐会就是由一部分同学和教师在台上扮各种游艺，给其余的同学和教师欣赏。游艺中有各种各样的演、唱、合奏。总之全是令人发笑的花头。座上不绝地发出哄笑的声音。我回看后面的听众，但见许多血盆似的笑口。我似觉身在“大世界”“新世界”一类的游戏场中了。我觉得这同乐会的确是“乐”！在座的人可以全不费一点心力而只管张着嘴巴嬉笑。听他们的唱奏，也可以全不费一点心力而但觉鼓膜上的快感。这与我所学习的音乐大异，这真可说是舒服的音乐。听这种音乐，不必用“如见大宾”的态度，而只需当作喝酒。我在座听了一会儿音乐，好似喝了一顿酒，觉得陶醉而舒服。

于是我悟到了，那个朋友所赞叹而盼望学习的音乐，一定就是这种喝酒一般的音乐。他是把音乐看作喝酒一类的乐事的。他的话中的“音乐”及“弹琴”等字倘使改作“喝酒”，例如说，“你们会喝酒的人真是幸福，寂寞起来喝一杯酒多么舒服！”那我便首肯了。

那种酒上口虽好，但过后颇感恶腥，似乎要呕吐的样子。我自从那回尝过之后，不想再喝了。我觉得这种舒服的滋味，远不及艰辛严肃的回味的甘美。

那片绿绿的爬山虎

肖复兴

他对于一个孩子平等真诚又宽厚期待的谈话，
让我十五岁那个夏天富有生命和活力，
仿佛那个夏天变长了。

一九六三年，我上初三，写了一篇作文叫《一张画像》，是写教我平面几何的一位老师。他教课很有趣，为人也很有趣，致使这篇作文写得也自以为很有趣。经我的语文老师推荐，这篇作文竟在北京市少年儿童征文比赛中获了奖。当然，我挺高兴。

一天，语文老师拿来厚厚一个大本子对我说："你的作文要印成书了，你知道是谁替你修改的吗？"我睁大眼睛，有些莫名其妙。"是叶圣陶先生！"老师将那大本子递给我，又说："你看看叶先生修改得多么仔细，你可以从中学到不少东西！"

我打开本子一看，里面有这次征文比赛获奖的二十篇作文。我翻到我的那篇作文，一下子愣住了：首先映入眼帘的是红色的修改符号和改动后增添的小字，密密麻麻，几页纸上到处是红色的圈、钩或直线、曲线。那篇作文简直像是动过大手术鲜血淋漓又绑上绷带的人一样。

回到家，我仔细看了几遍叶老先生对我作文的修改。题目《一张画像》改成《一幅画像》，我立刻感到用字的准确性。类似这样的地方修改得很多，长句子断成短句的地方也不少。有一处，我记得十分清楚：“怎么你把包几何课本的书皮去掉了呢？”叶老先生改成：“怎么你把几何课本的包书纸去掉了呢？”删掉原句中“包”这个动词，使得句子干净了也规范了。而“书皮”改成了“包书纸”更确切，因为书皮可以认为是书的封面。我真的从中受益匪浅，隔岸观火和身临其境毕竟不一样。这不仅使我看到自己作文的种种毛病，也使我认识到文学事业的艰巨：不下大力气，不一丝不苟，是难成大气候的。我虽然未见叶老先生的面，却从他的批改中感受到他的认真、平和以及温暖，如春风拂面。

叶老先生在我的作文后面写了一则简短的评语：“这一篇作文写的全是具体事实，从具体事实中透露出对王老师的敬爱。肖复兴同学如果没有在这几件有关画画的事上深受感动，就不能写得这样亲切自然。”这则短短的评语，树立起我写作的信心。那时我才十五岁，一个毛头小孩，居然能得到一位蜚声国内外文坛的大文学家的指点和鼓励，内心的激动可想而知，涨涌起的信心和幻想，像飞出的一只鸟儿抖着翅膀。那是只有那种年龄的孩子才会拥有的心思。

这一年暑假，语文老师找到我，说：“叶圣陶先生要请你到他家做客！”

我感到意外。像叶圣陶先生这样的大作家，居然要见一个初中学生，我自然当成人生中的一件大事。

那天，天气很好。下午，我来到东四北大街一条并不宽敞却很安静的胡同。叶老先生的孙女叶小沫在门口迎接了我。院子是典型的四合院，敞亮而典雅，刚进里院，一墙绿葱葱的爬山虎扑入眼帘，使得夏日的燥热一下子减少了许多，阳光都变成绿色的，像温柔的小精灵一样在上面跳跃着闪烁着迷离的光点。

叶小沫引我到客厅，叶老先生已在门口等候。见了我，他像会见大人一样同我握了握手，一下子让我觉得距离缩短不少。落座之后，他用浓重的苏州口音问了问我的年龄，笑着讲了句：“你和小沫同龄呀！”那样随便、和蔼，作家头顶上神秘的光环消失了，我的拘束感也消失了。越是大作家越平易近人，原来他就如一位平常的老爷爷一样让人感到亲切。

想来有趣，那一天下午，叶老先生没谈我那篇获奖的作文，也没谈写作。他没有向我传授什么文学创作的秘诀、要素或指南之类。相反，他几次问我各科学习成绩怎么样。我说我连续几年获得优良奖章，文科理科学习成绩都还不错。他说道：“这样好！爱好文学的人不要只读文科的书，一定要多读各科的书。”他又让我背背中国历史朝代，我没有背全，有的朝代顺序还背颠倒了。他又说：“我们中国人一定要搞清楚自己的历史，搞文学的人不搞清楚我们的历史更不行。”我知道这是对我的批评，也是对我的期望。

我们的交谈很融洽，仿佛我不是小孩，而是大人，一个他的老朋友。他亲切之中蕴含的认真，质朴之中包容的期待，把我小小的心融化了，以至不知黄昏什么时候到来，悄悄将落日的余晖染红窗棂。我一眼又望见院里那一墙爬山虎，黄昏中绿得沉郁，如同一片浓浓的湖水，映在客厅的玻璃窗上，不停地摇曳着，显得虎虎有生气。那时候，我刚刚读过叶老先生写的一篇散文《爬山虎的脚》，便问："那篇《爬山虎的脚》是不是就写的它们呀？"他笑着点点头："是的，那是前几年写的呢！"说着，他眯起眼睛又望望窗外那爬山虎。我不知那一刻老先生想起的是什么。

我应该庆幸，有生以来第一次见到作家，竟是这样一位大作家，一位人品与作品都堪称楷模的真正意义上的大作家。他对于一个孩子平等真诚又宽厚期待的谈话，让我十五岁那个夏天富有生命和活力，仿佛那个夏天变长了。我好像知道了，或者模模糊糊懂得了：作家就是这样做的，作家的作品就是这么写的。在我的眼前，那片爬山虎总是那么绿着。

伍

第五章

生活虽有烦恼，唯读书是良药

没有尝过劳苦的人们

是不懂得安逸的好处的，

没有感到人生的寂寞的人们

是不能了解爱的价值的，

同样地

未曾有过经验的孺子

是不知道

天真之可贵的。

怎样读小说

老舍

世间恐怕只有小说能源源本本、
头头是道地描画人世生活，
并且能暗示出人生意义。

写一本小说不容易，读一本小说也不容易。平常人读小说，往往以为既是“小”说，必无关宏旨，所以就随便一看，看完了顺手一扔，有无心得，全不过问。这个态度，据我看，是不大对的。光阴是宝贵的，我们既破工夫去念一本书，而又不问有无心得，岂不是浪费了光阴吗？我们要这样去读小说，何不去玩玩球，练练武术，倒还有益于身体呀？再说，小说之所以能够存在，并不是完全因为它“小”而易读，可供消遣。反之，它之所以能够存在，正因为它有它特具的作用，不是别的书籍所能替代的。化学不能代替心理学，物理学不能代替历史；同样地，别的任何书籍也都不能代替小说。小说是讲人生经验的。我们读了小说，才会明白人间，才会知道处身涉世的道理。这一点好处不是别的书籍所能供给我们的。哲学能教咱们“明白”，但是它不如小说说得那么有趣，那么亲切，那么动人，因为哲学太板着面孔说话，而小说则生龙活虎地去描写，使人感到兴趣，因而也就不知不觉地发生了潜移默化的作用。历史也写人间，似乎与小说相同。可是，一般地说，历史往往缺乏着文艺性，使人念了头疼；即使含有文艺性，也不能像小说那样圆满生动，活龙活现。历史可以近乎小说，但代替不了小说。世间恐怕只有小说能源源本本、头头是道地描画人世生活，并且能暗示出人生意义。就是戏剧也没有这么大的本事，因为戏剧须摆在舞台上去，而舞台的限制就往往教剧本不能像小说那样自由描画。于此，我们知道了，小说是在书籍里另成一格，也就与别种书籍同样地有它独立的、无可代替的价值与使命。它不是仅供我们念着“玩”的。

读小说，第一能教我们得到益处的，便是小说的文字。世界上虽然也有文字不甚好的伟大小说，但是一般地来说，好的小说大多数是有好文字的。所以，我们读小说时，不应只注意它的内容，也须学习它的文字：看它怎么以最少的文字，形容出复杂的心态物态来；看它怎样用最恰当的文字，把人情物状一下子形容出来，活生生地立在我们的眼前。况且一部小说中，又是有人有景有对话，千状万态，包罗万象，更是使我们心宽眼亮，多见多闻；假若我们细心去读的话，它简直就是一部最好的最丰富的模范文。反之，假若我们读到一部文字不甚好的小说，即使它有些内容，我们也就知道这部小说是不甚完美的，因为它有个文字拙劣的缺点。在我们读过一段描写人或描写事物的文字以后，试把小说放在一边，而自己拟作一段，我们便得到很不小的好处，因为拿我们自己的拟作与原文一比，就看出来人家的是何等简洁有力，或委婉多姿。而且还可以看出来，人家之所以能体贴入微者，必是由真正的经验而来，并不是先写好了“人生于世”而后敷衍成章的。假若我们也要写好文章，我们便也应该去细心观察人生与事物，观察之后，加以揣摩，而后我们才能把其中的精彩部分捉到，下笔如有神矣。闭着眼瞎想是写不出来东西的。

文字以外，我们该注意的是小说的内容。要断定一本小说内容的好坏，颇不容易，因为世间的任何一件事可以作为小说的材料，实在不容易分别好坏。不过，大概地说，我们可以这样来决定：关心社会的便好，不关心社会的便坏。这似乎是说，要看作者的态度如何了。同一件事，在甲作家手里便当作一个社会问题而提出之，在乙作家手里或者就当作一件好玩的事来说。前者的态度严肃，关切人生；后者的态度随便，不关切人生。那么，前者就给我们一些知识，一点教训，所以好；后者只是供我们消遣，白费了我们的光阴，所以不好。青年们读小说，往往喜爱剑侠小说。行侠仗义，好打不平，本是一个黑暗社会中应有的好事。倘若作者专向着“侠”字这一方面去讲，他多少必能激动我们的正义感，使我们也要有除暴安良的抱负。反之，倘若作者专注意到“剑”字上去，说什么口吐白光，斗了三天三夜的法而不分胜负，便离题太远，而使我们渐渐走入魔道了。青年们没有多少判断能力，而且又血气方刚，喜欢热闹，故每每以惊奇与否断定小说的好歹，而不知惊奇的事未必有什么道理，我们费了许多光阴去阅读，并不见得有丝毫的好处。同样地，小说的穿插若专为故作惊奇，并不见得就是好作品，因为卖关子，耍笔调，都是低卑的技巧；而好的小说，虽然没有这些花样，也自能引人入胜。一部好的小说，必是真有的说，真值得说；它决不求助于小小的技巧来支持门面。作者要怎样说，自然有个打算，但是这个打算是想把故事如何表现得更圆满更生动更经济，绝不是多绕几个圈子把故事拉得长长的，好多赚几个钱。所以，我们读一本小说，绝不该以内容与穿插的惊奇与否而定去取，而是要以作者怎样处理内容的态度和怎样设计去表现，去定好坏。假若我们能这样去读小说，则小说一定不是只供消遣的东西，而是对我们的文学修养与处世的道理，都大有裨益的。

读　书

老舍

看侦探小说的时候，
我先看最后的几页，省事。

若是学者才准念书，我就什么也不要说了。大概书不是专为学者预备的；那么，我可要多嘴了。

从我一生下来直到如今，没人盼望我成个学者；我永远喜欢服从多数人的意见。可是我爱念书。

书的种类很多，能和我有交情的可很少。我有决定念什么的全权；自幼儿我就会逃学，愣挨板子也不肯说我爱《三字经》和《百家姓》。对，《三字经》便可以代表一类——这类书，据我看，顶好在判了无期徒刑以后去念，反正活着也没多大味儿。这类书可真不少，不知道为什么；也许是犯无期徒刑罪的太多；要不然便是太少——我自己就常想杀些写这类书的人。我可是还没杀过一个，一来是因为——

我才明白过来——写这样书的人敢情有好些已经死了，比如写《尚书》的那位李二哥。二来是因为现在还有些人专爱念这类书，我不便得罪人太多了。顶好，我看是不管别人；我不爱念的就不动好了。好在，我爸爸没希望我成个学者。

第二类书也与咱无缘：书上满是公式，没有一个“然而”和“所以”。据说，这类书里藏着打开宇宙秘密的小金钥匙。我倒久想明白点真理，如地是圆的之类；可是这种书别扭，它老瞪着我。书不老老实实地当本书，瞪人干吗呀？我不能受这个气！有一回，一位朋友给我一本《相对论原理》，他说：明白这个就什么都明白了。我下了决心去念这本宝贝书。读了两个“配纸”，我遇上了一个公式。我跟它“相对”了两点多钟！往后边一看，公式还多了去啦！我知道和它们“相对”下去，它们也许不在乎，我还活着不呢？

可是我对这类书，老有点敬意。这类书和第一类有些不同，我看得出。第一类书不是没法懂，而是懂了以后使我更糊涂。以我现在的理解力——比上我七岁的时候，我现在满可以做圣人了——我能明白“人之初，性本善”。明白完了，紧跟着就糊涂了；昨儿个晚上，我还挨了小女儿——玫瑰唇的小天使——一个嘴巴。我知道这个小天使性本不善，她才两岁。第二类书根本就看不懂，可是人家的纸上没印着一句废话；懂不懂的，人家不闹玄虚，它瞪我，或者我是该瞪。我的心这么一软，便把它好好放在书架上；好打好散，别太伤了和气。

这要说到第三类书了。其实这不该算一类；就这么算吧，顺嘴。这类书是这样的：名气挺大，念过的人总不肯说它坏，没念过的人老怪害羞地说将要念。譬如说《元曲》，太炎“先生”的文章，罗马的悲剧，辛克莱的小说，《大公报》——不知是哪儿出版的一本书——都算在这类里，这些书我也都拿起来过，随手便又放下了。这里还就属那本《大公报》有点劲。我不害羞，永远不说将要念。好些书的广告与威风是很大的，我只能承认那些广告做得不错，谁管它威风不威风呢。

“类”还多着呢，不便再说；有上面的三项也就足以证明我怎样的不高明了。该说读的方法。怎样读书，在这里，是个自决的问题；我说我的，没勉强谁跟我学。

第一，我读书没系统。借着什么，买着什么，遇着什么，就读什么。不懂的放下，使我糊涂的放下，没趣味的放下，不客气。我不能叫书管着我。

第二，读得很快，而不记住。书要都叫我记住，还要书干吗？书应该记住自己。对我，最讨厌的发问是:“那个典故是哪儿的呢？”“那句书是怎么来着？”我永不回答这样的考问，即使我记得。我又不是印刷机器养的，管你这一套！

读得快，因为我有时候跳过几页去。不合我的意，我就练习跳远。书要是不服气的话，来跳我呀！看侦探小说的时候，我先看最后的几页，省事。

第三，读完一本书，没有批评，谁也不告诉。一告诉就糟:“嘿，你读《啼笑因缘》？”要大家都不读《啼笑因缘》，人家写它干吗呢？一批评就糟:“尊家这点意见？”我不惹气。读完一本书再打通儿架，不上算。我有我的爱与不爱，存在我自己心里。我爱念什么就念，有什么心得我自己知道，这是一种享受，虽然显得自私一点儿。

再说呢，我读书似乎只要求一点灵感。“印象甚佳”便是好书，我没工夫去细细分析它，所以根本便不能批评。“印象甚佳”有时候并不是全书的，而是书中的一段最入我的味；因为这一段使我对这全书有了好感；其实这一段的美或者正足以破坏了全体的美，但是我不去管；有一段叫我喜欢两天的，我就感谢不尽。因此，设若我真去批评，大概是高明不了。

第四，我不读自己的书，不愿谈论自己的书。“儿子是自己的好”，我还不晓得，因为自己还没有过儿子。有个小女儿，女儿能不能代表儿子，就不得而知。“老婆是别人的好”，我也不敢加以拥护，特别是在家里。但是我准知道，书是别人的好。别人的书自然未必都好，可是至少给我一点我不知道的东西。自己的，一提都头疼！自己的书，和自己的运气，好像永远是一对儿累赘。

第五，哼，算了吧。

天真与经验

梁遇春

经验陶冶后的天真是见花不采，
看到美丽的女人，
不动枕席之念的天真。

天真和经验好像是水火不相容的东西。我们常以为只有什么经验也没有的小孩子才会天真，他那位饱历沧桑的爸爸是得到经验，而失掉天真了。可是，天真和经验实在并没有这样子不共戴天，它们俩倒很常是聚首一堂。英国最伟大的神秘诗人勃来克[1]著有两部诗集：《天真的歌》（*Songs of Innocence*）同《经验的歌》（*Songs of Experience*）。在《天真的歌》里，他无忧无虑地信口唱出晶莹甜蜜的诗句，他简直是天真的化身，好像不晓得世上是有龌龊的事情的。然而在《经验

[1] 今译威廉·布莱克（William Blake，1757—1827），英国浪漫主义诗人。

的歌》里，他把人情的深处用简单的词句表现出来，真是找不出一个比他更有世故的人了。他将伦敦城里扫烟囱小孩子的穷苦、娼妓的厄运说得辛酸凄迷，可以说是看尽人世间的烦恼。可是他始终仍然是那么天真，他还是常常亲眼看见天使；当他的工作没有做得满意时候，他就同他的妻子双双跪下，向上帝祈祷。他快死的前几天，那时他结婚已经有四十五年了，一天他看着他的妻子，忽然拿起铅笔叫道："别动！在我眼里你一向是一个天使，我要把你画下。"他就立刻画出她的相貌。这是多么天真的举动。尖酸刻毒的斯惠夫特[1]写信给他那两位知心的女人的时候，的确是十足的孩子气，谁去念 *The Journal to Stella*[2] 这部书信集，也不会想到写这信的人就是 *Gulliver's Travels*[3] 的作者。斯蒂芬生[4]在他的小品文集《贻青年少女》(*Virginibus Puerisque*）中，说了许多世故老人的话，尤其是对于婚姻，讲有好些叫年轻的爱人们听着会灰心的冷话。但是他却没有丢失了他的童心，他能够用小孩子的心情去叙述海盗的故事；他又能借小孩子的口气，著出一部《小孩的诗园》(*A Child's Garden of Verses*)，里面充满着天真的空气，是一本儿童文学的杰作。可见确然吃了智识的果，还是可以在乐园里逍遥到老。我们大家并不是个个人都像亚当先生那么不幸。

[1] 今译乔纳森·斯威夫特（Jonathan Swift，1667—1745），英国讽刺作家、政治家。

[2]《致斯苔腊的书信集》，作者斯威夫特。

[3]《格列佛游记》，斯威夫特最著名的文学作品。

[4] 今译罗伯特·路易斯·斯蒂文森（Robert Louis Stevenson，1850—1894），英国作家。也是《新天方夜谭》和《金银岛》的作者。

也许有人会说，这班诗人的天真是装出来的，最少总有点做作的痕迹，不能像小孩子的天真那么浑脱自然，毫无机心。但是，我觉得小孩子的天真是靠不住的，好像个很脆的东西，经不起现实的接触；并且当他们才发现出人情的险诈同世路的崎岖的时候，他们会非常震惊，因此神经过敏地以为世上除开计较得失利害外是没有别的东西的，柔嫩的心，或者就这么麻木下去，变成个所谓值得父兄赞美的少年老成人了。他们从前的天真是出于无知，值不得什么赞美的，更值不得我们欣羡。桌子是个一无所知的东西，它既不晓得骗人，更不会去骗人，为什么我们不去颂扬桌子的天真呢？小孩子的天真跟桌子的天真并没有多大的分别。至于那班已坠世网的人的天真就大不同了。他们阅历尽人世间的纷扰，经过了许多得失哀乐，因为看穿了鸡虫得失的无谓，又知道在太阳底下是难逢笑口的，所以肯将一切利害的观念丢开，来任口说去，任性做去，任情去欣赏自然界的快乐。他们以为这样子痛快地活着才是值得的。他们把机心看作无谓的虚耗，自然而然会走到忘机的境界了。他们的天真可以说是被经验锻炼过了，仿佛像在八卦炉里蹲过，做成了火眼金睛的孙悟空。人世的波涛再也不能将他们的天真卷去，他们真是“世路如今已惯，此心到处悠然”！这种悠然的心境既然成为习惯，习惯又成天然，所以他们的天真也是浑脱一气，没有刀笔的痕迹的。这个建在理智上面的天真绝非无知的天真所可比拟的，从无知的天真走到这个超然物外的天真，这就全靠着个人的生活艺术了。

忽然记起我自己去年的生活了，那时我同G常作长夜之谈。有一晚电灯灭后，蜡烛上时，我们搓着睡眼，重新燃起一斗烟来，就谈着年轻人所最爱谈的题目——理想的女人。我们不约而同地说道最可爱的女子是像卖解、女优、歌女等这班风尘人物里面的痴心人。她们流落半生，看透了一切世态，学会了万般敷衍的办法，跟人们好似是绝不会有情的，可是若使她们真真爱上了一个情人，她们的爱情比一般的女子是强万万倍的。她们不像没有跟男子接触过的女子那样盲目，口是心非的甜言蜜语骗不了她们，暗地皱眉的热烈接吻瞒不过她们的慧眼，她们一定要得到了个一往情深的爱人，才肯来永不移情地心心相托。她们对于爱人所以会这么苛求，全因为她们自己是恳挚万分。至于那班没有经验的女子，她们常常只听到几句无聊的卿卿我我，就以为是了不得了，她们的爱情轻易地结下，将来也就轻易地勾销，这哪里可以算作生生死死的深情？不出闺门的女子只有无知，很难有颠扑不破的天真，同由世故的熔炉里铸炼出来的热情。数十年来我们把女子关在深闺里，不给她们一个得到经验的机会，既然没有经验来锻炼，她们当然不容易有个强毅的性格，我们又来怪她们的杨花水性，说了许多浑话，这真是太冤枉了。我们把无知误解成天真，不晓得从经验里突围而出的天真才是可贵的，因此上造了这九州大错，这又要怪谁呢？

没有尝过劳苦的人们是不懂得安逸的好处的，没有感到人生的寂寞的人们是不能了解爱的价值的，同样地未曾有过经验的孺子是不知道天真之可贵的。小孩子一味天真，糊糊涂涂地过日，对于天真未曾加以认识，所以不能作出天真的诗歌来，笨大的爸爸们尝遍了各种滋味，然后再洗涤俗虑，用锻炼过后的赤子之心来写诗歌，却作出最可喜的儿童文学，在这点上就可以看出人世的经验对于我们是最有益的东西了。老年人所以会和蔼可亲，也是因为他们受过了经验的洗礼。必定要对于人世上万物万事全看淡了，然后对于一二件东西的留恋才会倍见真挚动人。宋诗里常有这种意境。欧阳永叔[1]的“棋罢不知人换世，酒阑无奈客思家”，同苏长公[2]的“存亡惯见浑无泪，乡井难忘尚有心”，全能够表现出这种依依的心情。虽然把人世存亡全置之度外，漠然不动于衷，但是对于客子的思家同自己的乡愁仍然是有些牵情。这种怅惘的情怀是多么清新可喜，我们读起来觉得比处处留情的才子们的滥情是高明得多，这全因为他们的情绪受过了一次蒸馏。从经验里出来的天真会那么带着诗情，也是为着同样的缘故。

蔼里斯[3]在他的杰作《性的心理的研究》第六卷里说道：“就说我们承认看着裸体会激动了热情，这个激动还是好的，因为它引起我们的一种良好习惯——自制。为着恐怕有些东西对于我们会有引诱的能力，就赶紧跑到沙漠去住，这也可以说是一种可怜的道德了。我们应当知道在文化当中故意去创造出一个沙漠来包围自己，这种举动是比别的要更坏得多了。我们无法去丢热情，即使我们有这个决心；何尔巴哈[4]说得好，理智是教人这样拣择正当的热情，教育是教人们怎样把正当的热情种植培养在人心里面。观看裸体有一个精神上的价值，

---

[1] 指欧阳修（1007—1072），北宋文学家、史学家。字永叔，号醉翁、六一居士，谥号文忠，世称欧阳文忠公。

[2] 指苏轼（1037—1101），北宋文学家、书画家。字子瞻，号东坡居士。

[3] 今译埃利斯（Henry Havelock Ellis，1859—1939），英国性心理学家、思想家、作家。

[4] 今译费尔巴哈（Ludwig Andreas Feuerbach，1804—1872），德国唯物主义哲学家。

那可以教我们学会去欣赏我们没有占有着的东西，这个教训是一切良好的社会生活的重要预备训练：小孩子应当学到看见花，而不想去采它；男人应当学到看见一个女人的美，而不想去占有她。”我们所说的天真常是躲在沙漠里，远隔人世的引诱这类的天真。经验陶冶后的天真是见花不采，看到美丽的女人，不动枕席之念的天真。

人世是这么百怪千奇，人命是这样生死未卜，这个千载一时的看世界机会实在不容错过，绝不可误解了天真意味，把好好的人儿囚禁起来，使他草草地过了一生，并没有尝到做人的意味，而且也不懂得天真的真意了。这种活埋的方法绝非上帝造人的本意，上帝是总有一天会跟这班刽子手算账的。我们还是别当刽子手好吧，何苦手上染着女人、小孩子的血呢！

记马德里的书市

戴望舒

如果你能够从这一大堆的混乱之中
发现一部正是你踏破铁鞋无觅处的书来，
那是怎样大的喜悦啊！

无匹的散文家阿索林，曾经在一篇短文中，将法国的书店和西班牙的书店，作了一个比较。他说：

> 在法兰西，差不多一切书店都可以自由地进去，行人可以披览书籍而并不引起书贾的不安；书贾很明白，书籍的爱好者不必常常要购买，而他的走进书店去，也并非是为了买书；可是，在翻阅之下，偶然有一部书引起了他的兴趣，他就买了它去。在西班牙呢，那些书店都像神圣的圣体龛子那样严封密闭着，而一个陌生人走进书店里去，摩挲书籍，翻阅一会儿，然而又从来路而

去这等的事，那简直是荒诞不经，闻所未闻的。

阿索林对于他本国书店的批评，未免过分严格一点。巴黎的书店也尽有严封密闭着，像右岸大街的一些书店那样，而马德里的书店之可以进出无人过问翻看随你的，却也不在少数。如果阿索林先生愿意，我是很可以举出这两地的书店的名称来做证的。

公正地说，法国的书贾对于顾客的心理研究得更深切一点。他们知道，常常来翻翻看看的人，临了总会买一两本回去的；如果这次不买，那么也许是因为他对于那本书的作者还陌生，也许他觉得那版本不够好，也许他身边没有带够钱，也许他根本只是到书店来消磨一刻空闲的时间。而对于这些人，最好的办法是不理不睬，由他去翻看一个饱。如果殷勤招待、问长问短，那就反而招致他们的麻烦，因而以后就不敢常常来了。

的确，我们走进一家书店去，并不像那些学期开始时抄好书单的学生一样，先有了成见要买什么书的。我们看看某个出版社或某个作家是不是有新书出版；我们看看那已在报上刊出广告来的某一本书，内容是否和书评符合；我们把某一部书的版本，和我们已有的同一部书的版本作一个比较；或仅仅是我们约了一位朋友在三点钟会面，而现在只是两点半。走进一家书店去，在我们就像别的人踏进一家咖啡店一样，其目的并不在喝一杯苦水也，因此我们最怕主人的殷勤。第一，他分散了你的注意力，使你不得不想出话去应付他；其次，他会使你警悟到一种歉意，觉得这样非买一部书不可。这样，你全部的闲情逸致就给他们一扫而尽了。你感到受人注意着，监视着，感到担着一重义务，负着一笔必须偿付的债了。

西班牙的书店之所以受阿索林的责备，其原因就是他们不明顾客的心理。他们大都是过分殷勤讨好。他们的态度是没有恶意的，然而对于顾客所发生的效果，却适得其反。记得一九三四年在马德里的时候，一天闲着没事，到最大的“爱斯巴沙加尔贝书店”去浏览，一进门就受到殷勤的店员招待，陪着走来走去，问长问短，介绍这部，推荐那部，不但不给一点空闲，连自由也没有了。自然不好意思不买，结果选购了一本廉价的奥尔德加伊加赛德的小书，满身不舒服地辞了出来。自此以后，就不敢再踏进门槛去了。

在“文艺复兴书店”也遇到类似的情形，可是那次却是硬着头皮一本也不买走出来的。而在马德里我买书最多的地方，却反而是对于主顾并不殷勤招待的圣倍拿陀大街的“迦尔西亚书店”，王子街的“倍尔特朗书店”，特别是“书市”。

“书市”是在农工商部对面的小路沿墙一带。从太阳门出发，经过加雷达思街，沿着阿多恰街走过去，走到南火车站附近，在左面，我们碰到了那农工商部，而在这黑黝黝的建筑的对面小路口，我们就看到了几个黑墨写着的字：La Feria de los Libros，那意思就是“书市”。在往时，据说这传统的书市是在农工商部对面的那一条宽阔的林荫道上的，而我在马德里的时候，它却的确移到小路上去了。

这传统的书市是在每年的九月下旬开始，十月底结束的。在这些秋高气爽的日子，到书市中去漫走一下，寻寻，翻翻，看看那些古旧的书，褪了色的版画，各色各样的印刷品，大概也可以算是人生的一乐吧。书市的规模并不大，一列木板盖搭的肮脏、零乱的小屋，一共有十来间。其中也有一两家兼卖古董的，但到底卖书的还是占着极大的多数。而使人更感到可喜的，便是我们可以随便翻看那些书而不必负起任何购买的义务。

新出版的诗文集和小说，是和羊皮或小牛皮封面的古本杂放在一起。当你看见圣女戴蕾沙的《居室》和共产主义诗人阿尔倍谛的诗集对立着，古代法典《七部》和《马德里卖淫业调查》并排着的时候，你一定会失笑吧。然而那迷人之处，却正存在于这种杂乱和漫不经心之处。把书籍分门别类，排列得整整齐齐，固然能叫人一目了然，但是这种安排却会使人望而却步，因为这样就使人不敢随便抽看，怕捣乱了人家固有的秩序；如果本来就是这样乱七八糟的，我们就百无禁忌了。再说，旧书店的妙处就在其杂乱，杂乱而后见繁复，繁复然后生趣味。如果你能够从这一大堆的混乱之中发现一部正是你踏破铁鞋无觅处的书来，那是怎样大的喜悦啊！

书价低廉是那里的最大的长处。书店要卖七个以至十个贝色达的新书，那里出两三个贝色达就可以携归了。寒斋的阿耶拉全集，阿索林、乌拿莫诺、巴罗哈、瓦利英克朗、米罗等现代作家的小说和散文集，洛尔迦、阿尔倍谛、季兰、沙里纳恩等当代诗人的诗集，珍贵的小杂志，都是从那里陆续购得的。我现在也还记得那第三间小木舍的被人叫作华尼多大叔的须眉皆白的店主。我记得他，因为他的书籍的丰富，他的态度的和易，特别是因为那个坐在书城中，把青春的新鲜和故纸的古老成着奇特的对比的，张着青色忧悒的大眼睛望着远方的云树的，他的美丽的孙女儿。

我在马德里的大部分闲暇时间，甚至在革命发生，街头枪声四起，铁骑纵横的时候，也都是在那书市的故纸堆里消磨了的。在傍晚，听着南火车站的汽笛声，踏着疲倦的步子，臂间挟着厚厚的已绝版的赛哈道的《赛尔房德思辞典》或是薄薄的阿尔陀拉季雷的签字本诗集，慢慢地沿着灯光已明的阿多恰大街，越过熙来攘往的太阳门广场，慢慢地踱回寓所去对灯披览，这种乐趣恐怕是很少有人能够领略的吧！

然而十月在不知不觉之中快流尽了。树叶子开始凋零，夹衣在风中也感到微寒了。马德里的残秋是忧郁的，有几天简直不想闲逛了。公寓生活是有趣的，和同寓的大学生聊聊天，和舞姬调调情，就很快地过了几天。接着，有一天你打叠起精神，再踱到书市去，想看看有什么合意的书，或仅仅看看那青色的忧悒的大眼睛。可是，出乎意外地，那些小木屋都已紧闭着门了。小路显得更宽敞一点，更清冷一点，南火车站的汽笛声显得更频繁而清晰一点。而在路上，凋零的残叶夹杂着纸片书页，给冷冷的风寂寞地吹了过来，又寂寞地吹了过去。

陆

第六章

把脚印种进时间，等它们长成故事

只愁

梦太多了，

这些大小船儿

如何载得起呀？

桨声灯影里的秦淮河

朱自清

但灯与月竟能并存着，
交融着，使月成了缠绵的月，
灯射着渺渺的灵辉。

一九二三年八月的一晚，我和平伯同游秦淮河；平伯是初泛，我是重来了。我们雇了一只“七板子”，在夕阳已去、皎月方来的时候，便下了船。于是桨声汩——汩，我们开始领略那晃荡着蔷薇色的历史的秦淮河的滋味了。

秦淮河里的船，比北京万牲园、颐和园的船好，比西湖的船好，比扬州瘦西湖的船也好。这几处的船不是觉着笨，就是觉着简陋、局促，都不能引起乘客们的情韵，如秦淮河的船一样。秦淮河的船约略可分为两种：一是大船；一是小船，就是所谓“七板子”。大船舱口阔大，可容二三十人。里面陈设着字画和光洁的红木家具，桌上一律嵌着冰凉的大理石面。窗格雕镂颇细，使人起柔腻之感。窗格里映着红色蓝色的玻璃；玻璃上有精致的花纹，也颇悦人目。“七板子”规模虽不及大船，但那淡蓝色的栏杆，空敞的舱，也足系人情思。而最出色处却在它的舱前。舱前是甲板上的一部，上面有弧形的顶，两边用疏疏的栏杆支着。里面通常放着两张藤的躺椅。躺下，可以谈天，可以望远，可以顾盼两岸的河房。大船上也有这个，便在小船上更觉清隽罢了。舱前的顶下，一律悬着灯彩；灯的多少、明暗，彩苏的精粗、艳晦，是不一的，但好歹总还你一个灯彩。这灯彩实在是最能勾人的东西。夜幕垂垂地下来时，大小船上都点起灯火。从两重玻璃里映出那辐射着的黄黄的散光，反晕出一片朦胧的烟霭；透过这烟霭，在黯黯的水波里，又逗起缕缕的明漪。在这薄霭和微漪里，听着那悠然的间歇的桨声，谁能不被引入他的美梦去呢？只愁梦太多了，这些大小船儿如何载得起呀？我们这时模模糊糊地谈着明末的秦淮河的艳迹，如《桃花扇》及《板桥杂记》里所载的。我们真神往了。我们仿佛亲见那时华灯映水，画舫凌波的光景了。于是我们的船便成了历史的重载了。我们终于恍然秦淮河的船所以雅丽过于他处，而又有奇异的吸引力的，实在是许多历史的影像使然了。

秦淮河的水是碧阴阴的，看起来厚而不腻，或者是六朝金粉所凝吗？我们初上船的时候，天色还未断黑，那漾漾的柔波是这样地恬静、委婉，使我们一面有水阔天空之想，一面又憧憬着纸醉金迷之境了。等到灯火明时，阴阴的变为沉沉了：黯淡的水光，像梦一般；那偶然闪烁着的光芒，就是梦的眼睛了。我们坐在舱前，因了那隆起的顶棚，仿佛总是昂着首向前走着似的；于是飘飘然如御风而行的我们，看着那些自在的湾泊着的船，船里走马灯般的人物，便像是下界一般，迢迢地远了，又像在雾里看花，尽朦朦胧胧的。这时我们已过了利涉桥，望见东关头了。沿路听见断续的歌声：有从沿河的妓楼飘来的，有从河上船里渡来的。我们明知那些歌声，只是些因袭的言辞，从生涩的歌喉里机械地发出来的；但它们经了夏夜的微风的吹漾和水波的摇拂，袅娜着到我们耳边的时候，已经不单是她们的歌声，而混着微风和河水的密语了。于是我们不得不被牵惹着、震撼着，相与浮沉于这歌声里了。从东关头转弯，不久就到大中桥。大中桥共有三个桥拱，都很阔大，俨然是三座门儿；使我们觉得我们的船和船里的我们，在桥下过去时，真是太无颜色了。桥砖是深褐色，表明它的历史的长久；但都完好无缺，令人叹息于古昔工程的坚美。桥上两旁都是木壁的房子，中间应该有街路？这些房子都破旧了，多年烟熏的迹，遮没了当年的美丽。我想象秦淮河的极盛时，在这样宏阔的桥上，特地盖了房子，必然是髹漆得富富丽丽的；晚间必然是灯火通明的。现在却只剩下一片黑沉沉！但是桥上造着房子，毕竟使我们多少可以想见往日的繁华；这也慰情聊胜于无了。过了大中桥，便到了灯月交辉、笙歌彻夜的秦淮河，这才是秦淮河的真面目哩。

大中桥外，顿然空阔，和桥内两岸排着密密的人家的大异了。一眼望去，疏疏的林，淡淡的月，衬着蓝蔚的天，颇像荒江野渡光景；那边呢，郁丛丛的，阴森森的，又似乎藏着无边的黑暗：令人几乎不信那是繁华的秦淮河了。但是河中眩晕着的灯光，纵横着的画舫，悠扬着的笛韵，夹着那吱吱的胡琴声，终于使我们认识绿如茵、陈如酒的秦淮水了。此地天裸露着的多些，故觉夜来得独迟些；从清清的水影里，我们感到的只是薄薄的夜——这正是秦淮河的夜。大中桥外，本来还有一座复成桥，是船夫口中的我们的游踪尽处，或也是秦淮河繁华的尽处了。我的脚曾踏过复成桥的脊，在十三四岁的时候。但是两次游秦淮河，却都不曾见着复成桥的面；明知总在前途的，却常觉得有些虚无缥缈似的。我想，不见倒也好。这时正是盛夏。我们下船后，借着新生的晚凉和河上的微风，暑气已渐渐消散；到了此地，豁然开朗，身子顿然轻了——习习的清风荏苒在面上、手上、衣上，这便又感到了一缕新凉了。南京的日光，大概没有杭州猛烈；西湖的夏夜老是热蓬蓬的，水像沸着一般，秦淮河的水却尽是这样冷冷地绿着。任你人影的憧憧，歌声的扰扰，总像隔着一层薄薄的绿纱面幂似的；它尽是这样静静地、冷冷地绿着。我们出了大中桥，走不上半里路，船夫便将船划到一旁，停了桨由它荡着。他以为那里正是繁华的极点，再过去就是荒凉了，所以让我们多多赏鉴一会儿。他自己却静静地蹲着。他是看惯这光景的了，大约只是一个无可无不可。这无可无不可，无论是升的、沉的，总之，都比我们高了。

那时河里闹热极了：船大半泊着，小半在水上穿梭似的来往。停泊着的都在近市的那一边，我们的船自然也夹在其中。因为这边略略地挤，便觉得那边十分地疏了。在每一只船从那边过去时，我们能画出它的轻轻的影和曲曲的波，在我们的心上；这显着是空，且显着是静了。那时处处都是歌声和凄厉的胡琴声，圆润的喉咙，确乎是很少的。但那生涩的、尖脆的调子，能使人有少年的粗率不拘的感觉，也正可快我们的意。况且多少隔开些儿听着，因为想象与渴慕的作美，总觉更有滋味；而竞发的喧嚣，抑扬的不齐，远近的杂沓和乐器的嘈嘈切切，合成另一意味的谐音，也使我们无所适从，如随着大风而走。这实在因为我们的心枯涩久了，变为脆弱；故偶然润泽一下，便疯狂似的不能自主了。但秦淮河确也腻人。即如船里的人面，无论是和我们一堆儿泊着的，无论是从我们眼前过去的，总是模模糊糊的，甚至渺渺茫茫的；任你张圆了眼睛，揩净了眦垢，也是枉然。这真够人想呢。在我们停泊的地方，灯光原是纷然的；不过这些灯光都是黄而有晕的。黄已经不能明了，再加上了晕，便更不成了。灯愈多，晕就愈甚；在繁星般的黄的交错里，秦淮河仿佛笼上了一团光雾。光芒与雾气腾腾地晕着，什么都只剩了轮廓了；所以人面的详细的曲线，便消失于我们的眼底了。但灯光究竟夺不了那边的月色；灯光是浑的，月色是清的，在混沌的灯光里，渗入了一派清辉，却真是奇迹！那晚月儿已瘦削了两三分。她晚妆才罢，盈盈地上了柳梢头。天是蓝得可爱，仿佛一汪水似的；月儿便更出落得精神了。岸上原有三株两株的垂杨树，淡淡的影子，在水里摇曳着。它们那柔细的枝条浴着月光，就像一只只美人的臂膊，交互地缠着、挽着；又像是月儿披着的发。而月儿偶然也从它们的交叉处偷偷窥看我们，大有小姑娘怕羞的样子。岸上另有几株不知名的老树，光光地立着，在月光里照起来，却又俨然是精神矍铄的老人。远处——快到天际线了，才有一两片白云，亮得现出异彩，像美丽的贝壳一般。白云下便是黑黑的一带轮廓，是一条随意画的不规则的曲线。这一段光景，和河中的风味大异了。但灯与月竟能并存着，交融着，使月成了缠绵的月，灯射着渺渺的灵辉；这正是天之所以厚秦淮河，也正是天之所以厚我们了。

这时却遇着了难解的纠纷。秦淮河上原有一种歌妓，是以歌为业的。从前都在茶舫上，唱些大曲之类。每日午后一时起，什么时候止，却忘记了。晚上照样也有一回，也在黄晕的灯光里。我从前过南京时，曾随着朋友去听过两次。因为茶舫里的人脸太多了，觉得不大适意，终于听不出所以然。前年听说歌妓被取缔了，不知怎的，颇设想了几次——却想不出什么。这次到南京，先到茶舫上去看看，觉得颇是寂寥，令我无端地怅怅了。不料她们却仍在秦淮河里挣扎着，不料她们竟会纠缠到我们，我于是很张皇了。她们也乘着“七板子”，她们总是坐在舱前的。舱前点着石油汽灯，光亮炫人眼目：坐在下面的，自然是纤毫毕见了——引诱客人们的力量，也便在此了。舱里躲着乐工等人，映着汽灯的余辉蠕动着——他们是永远不被注意的。每船的歌妓大约都是二人；天色一黑，她们的船就在大中桥外往来不息地兜生意。无论行着的船，泊着的船，都要来兜揽的。这都是我后来推想出来的。那晚不知怎样，忽然轮着我们的船了。我们的船好好地停着，一只歌舫划向我们来了，渐渐和我们的船并着了。烁烁的灯光逼得我们皱起了眉头；我们的风尘色全给它托出来了，这使我踧踖不安了。那时一个伙计跨过船来，拿着摊开的歌折，就近塞向我的手里，说:“点几出吧！”他跨过来的时候，我们船上似乎有许多眼光跟着，同时相近的别的船上也似乎有许多眼睛炯炯地向我们船上看着。我真窘了！我也装出大方的样子，向歌妓们瞥了一眼，但究竟是不成的！我勉强将那歌折翻了一翻，却不曾看清了几个字，便赶紧递还那伙计，一面不好意思地说:“不要，我们……不要。”他便塞给平伯。平伯掉转头去，摇手说:“不要！”那人还腻着不走。平伯又回过脸来，摇着头道:“不要！”于是那人重到我处。我窘着再拒绝了他。他这才有所不屑似的走了。我的心立刻放下，如释了重负一般。我们就开始自白了。

我说我受了道德律的压迫，拒绝了她们，心里似乎很抱歉的。这所谓抱歉，一面对于她们，一面对于我自己。她们于我们虽然没有很奢的希望，但总有些希望的。我们拒绝了她们，无论理由如何充足，却使她们的希望受了伤；这总有几分不作美了。这是我觉得很怅怅的。至于我自己，更有一种不足之感。我这时被四面的歌声诱惑了，降服了；但是远远的，远远的歌声总仿佛隔着重衣搔痒似的，越搔越搔不着痒处。我于是憧憬着贴耳的妙音了。在歌舫划来时，我的憧憬变为盼望；我固执地盼望着，有如饥渴。虽然从浅薄的经验里，也能够推知，那贴耳的歌声，将剥去了一切的美妙；但一个平常的人像我的，谁愿凭了理性之力去丑化未来呢？我宁愿自己骗着了。不过我的社会感性是很敏锐的；我的思力能拆穿道德律的西洋镜，而我的感情却终于被它压服着，我于是有所顾忌了，尤其是在众目昭彰的时候。道德律的力，本来是民众赋予的；在民众的面前，自然更显出它的威严了。我这时一面盼望，一面却感到了两重的禁制：一，在通俗的意义上，接近妓者总算一种不正当的行为；二，妓是一种不健全的职业，我们对于她们，应有哀矜勿喜之心，不应赏玩地去听她们的歌。在众目睽睽之下，这两种思想在我心里最为旺盛。她们暂时压倒了我的听歌的盼望，这便成就了我的灰色的拒绝。那时的心实在异常状态中，觉得颇是昏乱。歌舫去了，暂时宁静之后，我的思绪又如潮涌了。两个相反的意思在我心头往复：卖歌和卖淫不同，听歌和狎妓不同，又干道德甚事？——但是，但是，她们既被逼得以歌为业，她们的歌必无艺术味的；况她们的身世，我们究竟该同情的。所以拒绝倒也是正办。但这些意思终于不曾撇开我的听歌的盼望。它力量异常坚强，它总想将别的思绪踏在脚下。从这重重的争斗里，我感到了浓厚的不足之感。这不足之感使我的心盘旋不安，起坐都不安宁了。唉！我承认我是一个自私的人！平伯呢，却与我不同。他引周启明先生的诗："因为我有妻子，所以我爱一切的女人；因为我有子女，所以我爱一切的孩子。"[1]他的意思可以见了。他因为推及的同情，爱着那些歌妓，并且尊重着她们，所以拒绝了她们。在这种情形下，他自然以为听歌是对于她们的一种侮辱。但他也是想听歌的，虽然不和我一样，所以在他的心中，当然也有一番小小的争斗；争斗的结果，是同情胜了。至于道德律，在他是没有什么的；因为他很有蔑视一切的倾向，民众的力量在他是不大觉着的。这时他的心意的活动比较简单，又比较松弱，故事后还怡然自若；我却不能了。这里平伯又比我高了。

在我们谈话中间，又来了两只歌舫。伙计照前一样地请我们点戏，我们照前一样地拒绝了。我受了三次窘，心里的不安更甚了。清艳的夜景也为之减色。船夫大约因为要赶第二趟生意，催着我们回去；我们无可无不可地答应了。我们渐渐和那些晕黄的灯光远了，只有些月色冷清清地随着我们的归舟。我们的船竟没个伴儿，秦淮河的夜正长哩！到大中桥近处，才遇着一只来船。这是一只载妓的板船，黑漆漆的没有一点光。船头上坐着一个妓女；暗里看出，白底小花的衫子，黑的下衣。她手里拉着胡琴，口里唱着青衫的调子。她唱得响

[1] 原诗是"我为了自己的儿女才爱小孩子，为了自己的妻才爱女人"，见《雪朝》第 48 页。

亮而圆转；当她的船箭一般驶过去时，余音还袅袅地在我们耳际，使我们倾听而向往。想不到在弩末的游踪里，还能领略到这样的清歌！这时船过大中桥了，森森的水影如黑暗张着巨口，要将我们的船吞了下去，我们回顾那渺渺的黄光，不胜依恋之情；我们感到了寂寞了！这一段地方夜色甚浓，又有两头的灯火招邀着；桥外的灯火不用说了，过了桥另有东关头疏疏的灯火。我们忽然仰头看见依人的素月，不觉深悔归来之早了！走过东关头，有一两只大船湾泊着，又有几只船向我们来着。嚣嚣的一阵歌声人语，仿佛笑我们无伴的孤舟哩。东关头转弯，河上的夜色更浓了；临水的妓楼上，时时从帘缝里射出一线一线的灯光，仿佛黑暗从酣睡里眨了一眨眼。我们默然地对着，静听那汩——汩的桨声，几乎要入睡了，朦胧里却温寻着适才的繁华的余味。我那不安的心在静里愈显活跃了！这时我们都有了不足之感，而我的更其浓厚。我们却又不愿回去，于是只能由懊悔而怅惘了。船里便满载着怅惘了。直到利涉桥下，微微嘈杂的人声，才使我豁然一惊；那光景却又不同。右岸的河房里，都大开了窗户，里面亮着晃晃的电灯，电灯的光射到水上，蜿蜒曲折，闪闪不息，正如跳舞着的仙女的臂膊。我们的船已在她的臂膊里了；如睡在摇篮里一样，倦了的我们便又入梦了。那电灯下的人物，只觉像蚂蚁一般，更不去萦念。这是最后的梦，可惜是最短的梦！黑暗重复落在我们面前，我们看见傍岸的空船上一星两星的，枯燥无力又摇摇不定的灯光。我们的梦醒了，我们知道就要上岸了；我们心里充满了幻灭的情思。

翡冷翠[1]山居闲话

徐志摩

做客山中的妙处，
尤在你永不须踌躇你的服色与体态。

在这里出门散步去，上山或是下山，在一个晴好的五月的向晚，正像是去赴一个美的宴会。比如去一果子园，那边每株树上都是满挂着诗情最秀逸的果实，假如你单是站着看还不满意时，只要你一伸手就可以采取，可以恣尝鲜味，足够你性灵的迷醉。阳光正好暖和，决不过暖；风息是温驯的，而且往往因为它是从繁花的山林里吹度过来，带来一股幽远的淡香，连着一息滋润的水汽，摩挲着你的颜面，轻绕着你的肩腰，就这单纯的呼吸已是无穷的愉快；空气总是明净的，近谷内不生烟，远山上不起霭，那美秀风景的全部正像画片似的展露在

[1] 今译佛罗伦萨。

你的眼前，供你闲暇的鉴赏。

做客山中的妙处，尤在你永不须踌躇你的服色与体态；你不妨摇曳着一头的蓬草，不妨纵容你满腮的苔藓；你爱穿什么就穿什么；扮一个牧童，扮一个渔翁，装一个农夫，装一个走江湖的桀卜闪[1]，装一个猎户；你再不必提心整理你的领结，你尽可以不用领结，给你的颈根与胸膛一半日的自由；你可以拿一条这边艳色的长巾包在你的头上，学一个太平军的头目，或是拜伦那埃及装的姿态；但最要紧的是穿上你最旧的旧鞋，别管它模样不佳，它们是顶可爱的好友，它们承着你的体重却不叫你记起你还有一双脚在你的底下。

这样的玩顶好是不要约伴，我竟想严格地取缔，只许你独身；因为有了伴多少总得叫你分心，尤其是年轻的女伴，那是最危险、最专制不过的旅伴，你应得躲避她像你躲避青草里一条美丽的花蛇！平常我们从自己家里走到朋友的家里，或是我们执事的地方，那无非是在同一个大牢里从一间狱室移到另一间狱室去，拘束永远跟着我们，自由永远寻不到我们；但在这春夏间美秀的山中或乡间你要是有机会独身闲逛时，那才是你福星高照的时候，那才是你实际领受，亲口尝味，自由与自在的时候，那才是你肉体与灵魂行动一致的时候。朋友们，我们多长一岁，年纪往往只是加重我们头上的枷，加紧我们脚胫上的链。我们见小孩子在草里、在沙堆里、在浅水里打滚作乐，或是看见小猫追它自己的尾巴，何尝没有羡慕的时候，但我们的枷、我们的链永远是制定我们行动的上司！所以只有你单身奔赴大自然的怀抱

[1] 今译吉卜赛人。

时，像一个裸体的小孩扑入他母亲的怀抱时，你才知道灵魂的愉快是怎样的，单是活着的快乐是怎样的，单就呼吸，单就走道，单就张眼看、耸耳听的幸福是怎样的。因此你得严格地为己、极端地自私，只许你——体魄与性灵，与自然同在一个脉搏里跳动，同在一个音波里起伏，同在一个神奇的宇宙里自得。我们浑朴的天真是像含羞草似的娇柔，一经同伴的抵触，它就卷了起来，但在澄静的日光下、和风中，它的姿态是自然的，它的生活是无阻碍的。

你一个人漫游的时候，你就会在青草里坐地仰卧，甚至有时打滚，因为草的和暖的颜色自然地唤起你童稚的活泼；在静僻的道上你就会不自主地狂舞，看着你自己的身影幻出种种诡异的变相，因为道旁树木的阴影在它们迁徐的婆娑里暗示你舞蹈的快乐；你也会得信口的歌唱，偶尔记起断片的音调，与你自己随口的小曲，因为树林中的莺燕告诉你春光是应得赞美的；更不必说你的胸襟自然会跟着漫长的山径开拓，你的心地会看着澄蓝的天空静定，你的思想和着山壑间的水声、山罅里的泉响，有时一澄到底的清澈，有时激起成章的波动，流，流，流入凉爽的橄榄林中，流入妩媚的阿诺河去……

并且你不但不须应伴，每逢这样的游行，你也不必带书。书是理想的伴侣，但你应得带书，是在火车上，在你住处的客室里，不是在你独身漫步的时候。什么伟大的、深沉的、鼓舞的、清明的、优美的思想的根源，不是可以在风籁中、云彩里、山势与地形的起伏里、花草的颜色与香息里寻得？“自然是最伟大的一部书。”歌德说。在他每一页的字句里我们读得最深奥的消息，并且这书上的文字是人人懂得的:阿尔帕斯[1]与五老峰，雪西里[2]与普陀山，莱茵河与扬子江，梨梦湖[3]与西子湖，建兰与琼花，杭州西溪的芦雪与威尼市[4]夕照的红潮，百灵与夜莺，更不提一般黄的黄麦，一般紫的紫藤，一般青的青草同在大地上生长，同在和风中波动——它们应用的符号是永远一致的，它们的意义是永远明显的，只要你自己心灵上不长疮瘢，眼不盲，耳不塞，这无形迹的最高等教育便永远是你的名分，这不取费的最珍贵的补剂便永远供你的受用；只要你认识了这一部书，你在这世界上寂寞时便不寂寞，穷困时不穷困，苦恼时有安慰，挫折时有鼓励，软弱时有督责，迷失时有南针。

[1] 今译阿尔卑斯。

[2] 即西西里岛。

[3] 即日内瓦湖。

[4] 即威尼斯市。

在一个边境的站上

戴望舒

这是一个式微的、
悲剧的、现实的存在，没有光荣，
没有梦想。

夜间十二点半从鲍尔陀开出的急行列车，在清晨六点钟到了法兰西和西班牙的边境伊隆。在朦胧的意识中，我感到急骤的速率宽弛下来，终于静止了。有人在用法、西两国语言报告着：“伊隆，大家下车！”

睁开睡眼向车窗外一看，呈在我眼前的只是一个像法国一切小车站一样的小车站而已。冷清清的月台，两三个似乎还未睡醒的搬运夫，几个态度很舒闲地下车去的旅客。我真不相信我已到了西班牙的边境了，但是一个声音却在更响亮地叫过来：

“伊隆，大家下车！”

匆匆下了车，我第一个感到的就是有点寒冷。是侵晓的冷气呢，是新秋的薄寒呢，还是从比雷奈山间夹着雾吹过来的山风？我翻起了大氅的领，提着行囊就往出口走。

走出这小门就是一间大敞间，里面设着一圈行李检查台和几道低木栅，此外就没有什么别的东西。这是法兰西和西班牙的交界点，走过了这个敞间，那便是西班牙了。我把行李照别的旅客一样地放在行李检查台上，便有一个检查员来翻看了一阵，问我有什么报税的东西，接着在我的提箱上用粉笔画了一个字，便打发我走了。再走上去是护照查验处。那是一个像车站卖票处一样的小窗洞。电灯下面坐着一个留着胡子的中年人。单看他的炯炯有光的眼睛和他手头的那本厚厚的大册子，你就会感到不安了。我把护照递给了他。他翻开来看了看里昂西班牙领事的签字，把护照上的照片看了一下，向我好奇地看了一眼，问我一声到西班牙的目的，把我的姓名录到那本大册子中去，在护照上捺了印；接着，和我最初的印象相反地，他露出微笑来，把护照交还了我，依然微笑着对我说：“西班牙是一个可爱的地方，到了那里你会不想回去呢。”

真的，西班牙是一个可爱的地方，连这个护照查验员也有他的固有的可爱的风味。

这样地，经过了一重木栅，我踏上了西班牙的土地。

过了这一重木栅，便好像一切都改变了：招纸、揭示牌都用西班牙文写着，那是不用说的，就是刚才在行李检查处和搬运夫用沉浊的法国南部语音开着玩笑的工人型的男子，这时也用清朗的加斯谛略语和一个老妇人交谈起来。天气是显然地起了变化，暗沉沉的天空已澄碧起来，而在云里透出来的太阳，也驱散了刚才的薄寒，而带来了温煦。然而最明显的改变却是在时间上。在下火车的时候，我曾经向站上的时钟望过一眼：六点零一分。检查行李、验护照等事，大概要花去我半小时，那么现在至少是要六点半了吧。并不如此。在西班牙的伊隆站的时钟上，时针明明地标记着五点半，事实是西班牙时间和法兰西的时间因为经纬度的不同而相差一小时，而当时在我的印象中，却觉得西班牙是永远比法兰西年轻一点。

因为是五点半，所以除了搬运夫和洒扫工役已开始活动外，车站上还是冷清清的。卖票处、行李房、兑换处、书报摊、烟店等等都没有开，旅客也疏朗朗地没有几个。这时，除了枯坐在月台的长椅上或在站上往来蹀躞以外，你是没有办法消磨时间的。到蒲尔哥斯的快车要在八点二十分才开。到伊隆镇上去走一圈呢，带着行李究竟不大方便，而且说不定要走多少路，再说，这样大清早就是跑到镇上也是没有什么多大意思的。因此，把行囊散在长椅上，我便在这个边境的车站上踱起来了。

如果你以为这个国境的城市是一个险要的地方，扼守着重兵，活动着国际间谍，压着国家的、军事的大秘密，那么你就错误了。这只是一个消失在比雷奈山边的西班牙的小镇而已。提着筐子，筐子里盛着鸡鸭，或是肩着箱笼，三三两两地来乘第一班火车的，是头上裹着包头布的山村的老妇人，面色黝黑的农民，白了头发的老匠人，像是学徒的孩子。整个西班牙小镇的灵魂都可以在这些小小的人物身上找到。而这个小小的车站，它也何尝不是十足西班牙的呢？灰色的砖石，黯黑的木柱子，已经有点腐蚀了的洋铅遮檐，贴在墙上在风中飘着的斑驳的招纸，停在车站尽头处的破旧的货车：这一切都向你说着西班牙的式微、安命、坚忍。西德（Cid）的西班牙，倜黄（Don Juan）的西班牙，吉诃德（Quixote）的西班牙，大仲马或梅里美心目中的西班牙，现在都已过去了，或者竟可以说本来就没有存在过。

的确，西班牙的存在是多方面的。第一是一切旅行指南和游记中的西班牙，那就是说历史上的和艺术上的西班牙。这个西班牙浓厚地渲染着釉彩，充满了典型人物。在音乐上、绘图上、舞蹈上、文学上，西班牙都在这个面目之下出现于全世界，而做着它的正式代表。一般人对于西班牙的观念，也是由这个代表者而引起的。当人们提起了西班牙的时候，你立刻会想到蒲尔哥斯的大伽蓝，格腊拿达的大食故宫，斗牛，当歌舞（Tango），倜黄式的浪子，吉诃德式的梦想者！塞赖丝谛拿（La Celestina）式的老虔婆，珈尔曼式的吉卜赛女子，扇子，披肩巾，罩在高冠上的遮面纱，等等，而勉强西班牙人做了你的想象的受难者；而当你到了西班牙，见不到那些开着悠久的岁月的绣花的陈迹，传说中的人物，以及你心目中的西班牙固有产物的时候，你会感到失望而作“去年白雪今安在”之喟叹。然而你要知道这是最表面的西班牙，它的实际的存在是已经在一片迷茫的烟雾之中，而行将只在书史和艺术作品中赓续它的生命了。西班牙的第二个存在是更卑微一点，更穆静一点。那便是风景的西班牙。的确，在整个欧罗巴洲之中，西班牙是风景最胜、最多变化的国家。恬静而笼着雾和阴影的伐斯各尼亚，典雅而充溢着光辉的加斯谛拉，雄警而壮阔的昂达鲁西亚，煦和而明朗的伐朗西亚，会使人“感到心被窃获了”的清澄的喀达鲁涅。在西班牙，我们几乎可以看到欧洲每一个国家的典型。或则草木葱茏，山川明媚；或则大山屴崱，峭壁幽深；或则古堡荒寒，困焦幽独；或则千圆澄碧，百里花香……这都是能使你目不暇给，而至于流连忘返的。这是更有实际的生命，具有易解性（除非是村夫俗子）而容易取好于人的西班牙，因为它开拓了你对于自然之美的爱好之心，而使你衷心地生出一种舒徐的、悠长的、寥寂的默想来，然而最真实的、最深沉的，因而最难以受人了解的却是西班牙的第三个存在。这个存在是西班牙的底奥，它蕴藏着整个西班牙，用一种静默的语言向你说着整个西班牙，代表着它的每日生活，静默至于好像绝灭，可是如果你能够留意观察，用你的小心去理解，那么你就可以把握住这个卑微而静默的存在，特别是在那些小城中。这是一个式微的、悲剧的、现实的存在，没有光荣，没有梦想。现在，你在清晨或是午后走进任何一个小城去吧。你在狭窄的小路上，在深深的平静中徘徊着。阳光从静静的闭着门的阳台上坠下来，落着一个砌着碎石的小方场。什么也不来搅扰这寂静，街坊上的叫卖声在远处寂灭了。寺院的钟声已消沉下去了，你穿过小方场，经过一个作坊，一切任何作坊，铁匠的、木匠的或羊毛匠的。你伫立一会儿，看着他们带着那一种的热心、坚忍和爱操作着。你来到一所大屋子前面：半开着的门已朽腐了，门环上满是铁锈，涂着石灰的白墙已经斑驳或生满黑霉了，从门间，你望见了被野草和草苔所侵占了的院子。你当然不推门进去，但是在这墙后面，在这门里面，你会感到有苦痛、沉哀或不遂的愿望静静地躺着。你再走上去，街路上依然是沉静的，一个喷泉淙淙地响着，三两只鸽子振羽作声。一个老妇扶着一个女孩佝偻着走过。寺院的钟迟迟地响起来了，又迟迟地消歇了……这就是最深沉的西班牙，它过着一个寒碜、静默、坚忍而安命的生活，但是它却具有怎样的使人充满了深深的爱的魅力啊。而这个小小的车站呢，它可不是也将这奥秘的西班牙呈现给我们看了吗？

当我在车站上来往踱蹀着的时候，我心中这样地思想着。在不知不觉之中，车站中已渐渐地有生气起来了。卖票处、烟摊、报摊，都已陆续地开了门，从镇上来的旅客们，也开始用他们的嘈杂的语音充满了这个小小的车站了。

我从我的沉思中走了出来，去换了些西班牙钱，到卖票处去买了里程车票，出来买了一份昨天的《太阳报》（*EI Sol*）、一包烟，然后回到安放着我的手提箱的长椅上去。

长椅上已有人坐着了，一个老妇和几个孩子。一个，两个，三个，四个……一共是四个孩子。而且最大的一个十一二岁的孩子，已经在开始一张一张地撕去那贴在我提箱上的各地旅馆的贴纸了。我移开箱子坐了下来。这时候，有两个在我看来很别致的人物出现了。

那是邮差、军人和京戏上所见的文官这三种人物的混合体。他们穿着绿色的制服，佩着剑，头面上却戴着像乌纱帽一般的黑色漆布做的帽子。这制服的色彩和灰暗而笼罩着阴阴的伐斯各尼亚的土地以及这个寒碜的小车站，显着一种异样的不调和，那是不用说的；而就是在一身之上，这制服、佩剑和帽子之间，也表现着绝端的不一致。“这是西班牙固有的驳杂的一部分吧。”我这样想。

七点钟了。开到了一列火车，然而这是到桑当德尔（Santander）去的。火车开了，车站一时又清冷起来。要等到八点二十分呢。

我静穆地望着铁轨，目光随着那在初阳之下闪着光的两条铁路的线伸展过去，一直到了迷茫的天际；在那里，我的神思便飘举起来了。

烟霞余影

石评梅

人间的驻停，只是一凝眸，
无论如何繁缛绮丽的事境，只是昙花片刻，
一卷一卷的像他们转入松林一样渺茫，一样虚无。

一　龙潭之滨

细雨蒙蒙里，骑着驴儿踏上了龙潭道。

雨珠也解人意，只像沙霰一般落着，湿了的是崎岖不平的青石山路。半山岭的桃花正开着，一堆一堆远望去像青空中叠浮的桃色云，又像一个翠玉的篮儿里，满盛着红白的花。烟雾迷漫中，似一幅粉纱，轻轻地笼罩了青翠的山峰和卧崖。

谁都是悄悄地，只听见嘚嘚的蹄声。回头看芸，我不禁笑了。

她垂鞭踏蹬，昂首挺胸的像个马上的英雄，虽然这是一幅美丽柔媚的图画，不是黄沙无垠的战场。

天边絮云一块块叠重着，雨丝被风吹着像细柳飘拂。远山翠碧如黛；如削的山峰里，涌出的乳泉，汇成我驴蹄下一池清水。我骑在驴背上，望着这如画的河山，似醉似痴，轻轻颤动我心弦的凄音；往事如梦，不禁对着这高山流水深深地叹了一口气！

惭愧我既不会画又不能诗，只任着秀丽的山水由我眼底逝去，像一只口衔落花的燕子，飞掠进深林。

这边是悬崖，那边是深涧，狭道上满是崎岖的青石，明滑如镜，苍苔盈寸，因之驴蹄踏上去一步一滑！远远望去似乎人在峭壁上高悬着，危险极了！我劝芸下来，驴交给驴夫牵着，我俩携着手一跳一窜地走着。四围望不见什么，只有笔锋般的山峰像屏风一样环峙着，涧底淙淙流水碎玉般声音，好听似月下深林中晚风吹送来的环佩声。

跨过了几个山峰，渡过了几池流水，远远地就听见有一种声音，不是檐前金铃玉铎那样清悠意远，不是短笛洞箫那样凄哀情深，差堪比拟像云深处回绕的春雷，似近又远，似远又近地在这山峰间蕴蓄着。芸和我正走在一块悬岩上，她紧握住我的手说：

“蒲，这是什么声音？”

我没有回答她，抬头望见几块高岩上已站满了人，疏疏洒洒像天上的小星般密布着。苹在高处招手叫我，她说：“快来看龙潭！”在众人欢呼声中，我踟蹰不能向前：我已想着那里是一个令我意伤的境地，无论它是雄壮还是柔美。

一步一步慢腾腾地走到苹站着的那块岩石上，那春雷般的声音更响亮了。我俯首一望，身上很迅速地感到一种清冷，这清冷，由皮肤直浸入我的心，包裹了我整个的灵魂。

这便是龙潭！两个青碧的岩石中间，汹涌着一朵一片的絮云，它是比银还晶洁，比雪还皎白；一朵一朵地由这个山层飞下那个山层，一片一片由这个深涧飘到那个深涧。它像山灵的白袍，它像水神的银须；我意想它是翠屏上的一幅水珠帘，我意想它是裁剪下的一匹白绫。但是它都不能比拟，它似乎是一条银白色的蛟龙在深涧底回旋，它回旋中有无数的仙云拥护，有无数的天乐齐鸣！

我痴立在岩石上不动，看它瞬息万变，听它钟鼓并鸣。一朵白云飞来了，只在青石上一溅，没有了！一片雪絮飘来了，只在青石上一掠，不见了！我站在最下的一层，抬起头可以看见上三层飞涛的壮观：到了这最后一层遂汇聚成一池碧澄的潭水，是一池清可见底，光能鉴人的泉水。

在这种情形下，我不知心头感到的是欣慰，还是凄酸？我轻渺像晴空中一缕烟线，不知是飘浮在天上还是人间？空洞洞的不知我自己是谁？谁是我自己？同来的游伴我也觉着她们都生了翅儿在云天上翱翔，那淡紫浅粉的羽衣，点缀在这般湖山画里，真不辨是神是仙了。

我的眼不能再看什么了，只见白云一片一片由深涧中乱飞！我的耳不能再听什么了，只听春雷轰轰在山坳里回旋！世界什么都没有，连我都没有，只有涛声絮云，只有潭水涧松。

芸和苹都跑在山上去照相。掉在水里的人的嬉笑声，才将我神驰的灵魂唤回来。我自己环视了一周山峰，俯视了一遍深潭，我低低喊着母亲，向着西方的彩云默祷！我觉着二十余年的尘梦，如今也应该一醒；近来悲惨的境遇，凄伤的身世，也应该找个结束。萍踪浪迹十余年漂泊天涯，难道人间没有一块高峰，一池清溪，作我埋骨之地？如今这絮云堆中，只要我一动足，就可脱解了这人间的樊篱羁系，从此逍遥缥缈和晚风追逐。

我向着她们望了望，我的足已走到岩石的齿缘上，再有一步我就可离此尘世，在这洁白的潭水中，谫浣一下这颗尘沙蒙蔽的小心，忽然后边似乎有人牵着我的衣襟，回头一看，芸紧皱着眉峰瞪视着我。

“走吧，到山后去玩玩。”她说着牵了我就转过一个山峰，她和我并坐在一块石头上。我现在才略略清醒，慢慢由遥远的地方把自己找回来，想到刚才的事又喜又怨，热泪不禁夺眶滴在襟上。我永不能忘记，那山峰下的一块岩石，那块岩石上我曾憬悟了二十余年的幻梦，像水云那样无凭呵！

可惜我不是独游，可惜又不是月夜，假如是月夜，是一个眉月伴疏星的月夜，来到这里，一定是不能想不能写的境地。白云絮飞的瀑布，在月下看着一定更美到不能言，钟鼓齐鸣的涛声，在月下听着一定要美到不敢听。这时候我一定能向深潭明月里，找我自己的幻影去；谁也不知道，谁也想不到——那时芸或者也无力再阻挠我的清兴！

雨已停了，阳光揭起云幕悄悄在窥人。偶然间来到山野的我们，终于要归去。我不忍再看龙潭，遂同芸、苹走下山来，走远了，那春雷般似近似远的声音依然回绕在耳畔。

二　翠峦清潭畔的石床

黄昏时候汽车停到万寿山，揆已雇好驴在那里等着。

梅隐许久不骑驴了，很迅速地跨上鞍去，一扬鞭驴子的四蹄已飞跑起来，几乎把她翻下来；我的驴腿上有点伤不能跑，连走快都不能，幸好是游山不是赶路，走快走慢没有关系。

这条路的景致非常好，在平坦的马路上，两旁的垂柳常系拂着我的鬓角，迎面吹着五月的和风，夹着野花的清香。翠绿的远山望去像几个青螺；淙淙的水音在桥下流过，似琴弦在月下弹出的凄音；碧清的池塘，水底平铺着翠色的水藻，波上被风吹起一弧一弧的皱纹，里边游映着玉泉山的塔影；最好看是垂杨荫里，黄墙碧瓦的宫房，点缀着这一条芳草萋萋的古道。

经过颐和园围墙时，静悄悄，除了风涛声外，便是那啼尽兴亡恨事的暮鸦，在苍松古柏的枝头悲啼着。

他们的驴儿都走得很快，转过了粉墙，看见梅隐和揆并骑赛跑，一转弯掩映在一带松林里，连铃声衣影都听不见、看不见了。我在后边慢慢让驴儿一拐一拐地走着，我想这电光石火的一刹那能在尘沙飞落之间，错错落落遗留下这几点蹄痕，已是烟水因缘，又哪可让它迅速地轻易度过，而不仔细咀嚼呢！人间的驻停，只是一凝眸，无论如何繁缛绮丽的事境，只是昙花片刻，一卷一卷的像他们转入松林一样渺茫，一样虚无。

在一片松林里，我看见两头驴儿在地上吃草，驴夫靠在一棵树上蹲着吸潮烟，梅隐和揆坐在草地上吃葡萄干，见我来了他们跑过来替我笼住驴，让我下来。这是一个墓地，中间芳草离离，放着一个大石桌几个小石凳，被风雨腐蚀已经是久历风尘的样子。坟头共有三个，青草长了有一尺多高；四围遍植松柏，前边有一个石碑牌坊，字迹已模糊不辨，不知是否奖励节孝的？如今我见了坟墓，常起一种非喜非哀的感觉；愈见的坟墓多，我烦滞的心境愈开旷；虽然我和他们无一面之缘，但我远远望见这黑色的最后一幕时，我总默默替死者祝福！

梅隐见我立在这不相识的墓头发呆，她轻轻拍着我肩说："回来！"揆立在我面前微笑了。那时驴夫已将驴鞍理好，我回头望了望这不相识的墓，骑上驴走了。

他们大概也疲倦了，不是他们疲倦是驴们疲倦了，因之我这拐驴有和他们并驾齐驰的机会。这时暮色已很苍茫，四面迷蒙的山岚，不知前有多少路，后有多少路？那烟雾中轻笼的不知是山峰还是树林？凉风吹去我积年的沙尘，尤其是吹去我近来的愁恨，使我投入这大自然的母怀中沉醉。

唯自然可美化一切，可净化一切，这时驴背上的我，心里充满了静妙神微的颤动；一鞭斜阳，嘚嘚蹄声中，我是个无忧无虑的骄儿。

大概是七点多钟，我们的驴儿停在卧佛寺门前，两行古柏萧森，一道石坡欹斜，庄严黄红色的穹门，恰恰笼罩在那素锦千林、红霞一幕之中。我踱过一道蜂腰桥，底下有碧绿的水，潜游着龙眼红鱼，像燕掠般在水藻间穿插。过了一个小门，望见一大块岩石，狰狞像一个卧着的狮子，岩石旁有一个小亭，小亭四周遍环着白杨，暮云里蝉声风声噪成一片。

走过几个院落，依稀还经过一个方形的水池，就到了我们住的地方，我们住的地方是龙王堂。龙王堂前边是一眼望不透的森林，森林中漏着一个小圆洞，白天射着太阳，晚上照着月亮；后边是山，是不能测量的高山，那山上可以望见景山和北京城。

刚洗完脸，辛院的诸友都来看我，带来的糖果，便成了招待他们的茶点；在这里逢到，特别感着朴实的滋味，似乎我们都有几分乡村真诚的遗风。吃完饭，我回来时，许多人伏在石栏上拿面包喂鱼，这个鱼池比门前那个澄清，鱼儿也长得美丽。看了一回鱼，我们许多人出了卧佛寺，由小路抄到寺后上山去，揆叫了一个卖汽水点心的跟着，想寻着一个风景好的地方时，在月亮底下开野餐会。

这时候暝色苍茫，远树浓荫郁翳，夜风萧萧瑟瑟。梅隐和揆走着大路，我和芸便在乱岩上跳蹿，苔深石滑，跌了不晓得有多少次。经过一个水涧，他们许多人悬崖上走，我和芸便走下了涧底。水不深，而碧清可爱，淙淙的水声，在深涧中听着依稀似嫠妇夜啼。几次回首望月，她依然模糊，被轻云遮着；但微微的清光由云缝中泄漏，并不如星夜那么漆黑不辨。前边有一块圆石，晶莹如玉，石下又汇集着一池清水。我喜欢极了，刚想爬上去，不料一不小心，跌在水里把鞋袜都湿了！他们在崖上，拍着手笑起来，我的脸大概是红了，幸而在夜间他们不曾看见，芸由岩石上踏过来才将我拖出水池。

抬头望悬崖峭壁之上，郁郁阴森的树林里掩映着几点灯光，夜神翅下的景致，愈觉得神妙深邃，冷静凄淡；这时候无论什么事我都能放得下超得过，将我的心轻轻地奉献给这黑衣的夜神。我们的足步声笑语声，惊得眠在枝上的宿鸟也做不成好梦，抖颤着在黑暗中乱飞，似乎静夜旷野爆发了地雷，震得山中林木，如喊杀一般地纷乱和颤噤！前边大概是村庄人家吧，隐隐有犬吠的声音，由那片深林中传出。

爬到山巅时，凉风习习，将衣角和短发都吹起来。我立在一块石床上，抬头望青苍削岩，乳泉一滴滴，由山缝岩隙中流下去，俯视飞瀑流湍，听着像一个系着小铃的白兔儿，在涧底奔跑一般，清冷冷忽远忽近那样好听。我望望云幕中的月儿，依然露着半面窥探，不肯把团圆赐给人间这般痴望的人们。这时候，揆来请我去吃点心，我们的聚餐会遂在那个峰上开了。这个会开得并不快活，各人都懒松松不能十分作兴，月儿呢，模模糊糊似乎用泪眼望着我们。梅隐躺在草上唱着很凄凉的歌，真令人愁肠百结；揆将头伏在膝上，不知他是听他姐姐唱歌，还是膜首顶礼和默祷？这样夜里，不知什么紧压着我们的心，不能像往日那样狂放浪吟，解怀痛饮。

陪着他们坐了有几分钟，我悄悄地逃席了。一个人坐在那边石床上，听水涧底的声音，对面阴浓萧森的树林里，隐隐现出房顶；冷静静像死一般笼罩了宇宙。不幸在这非人间的，深碧而窅渺的清潭，映出我迷离恍惚的尘影；我卧在石床上，仰首望着模糊泪痕的月儿，静听着清脆激越的水声和远处梅隐凄凉入云的歌声，这时候我心头涌来了凄酸，真愿在这般月夜深山里尽兴痛哭；只恨我连这都不能，依然和在人间一样要压着泪倒流回去。蓬勃的悲痛，还让它埋葬在心坎中去辗转低吟！而这颗心恰和林梢月色，一样地迷离惨淡，悲情荡漾！

芸轻轻走到我身旁，凄然地望着我！我遂起来和芸跨过这个山峰，忽然眼前发现了一块绿油油的草地。我们遂拣了一块斜坡，坐在上边。面前有一棵松树，月儿正在树影中映出，下边深涧万丈，水流的声音已听不见；只有草虫和风声，更显得静寂中的振荡是这般阴森可怕！我们坐在这里，想不出什么话配在这里谈，而随便的话更不愿在这里谈。这真是最神秘的夜呵！我的心更较清冷，经这度潭水涛声洗涤之后。

夜深了，远处已隐隐听见鸡鸣，露冷夜寒，穿着单衣已有点战栗。我怕芸冻病，正想离开这里，揆和梅隐来寻我们，他们说在远处望见我们，像坟前的两个石像。

这夜里我和梅隐睡在龙王堂，而我的梦魂依然留在那翠峦清潭的石床上。